文學星斗

世界文學名作選

張子樟◎編譯

璀璨耀眼的56篇美文，
讓文學的星子激盪出生命的光華！

編譯者序

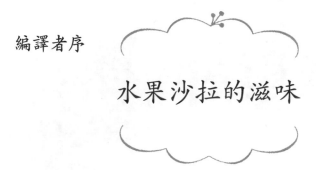

水果沙拉的滋味

多彩、多樣、多滋味的閱讀款待

　　臺灣是美味水果之鄉，不論本土或外來的，都能在這片豐沃的土地上得到完美的成長空間。除了直接食用外，水果沙拉更是令人直流口水的涼爽美食。西瓜、荔枝、芒果、鳳梨、蓮霧、釋迦、芭樂、火龍果、蘋果、柳橙、甜瓜、香蕉等水果均可成為水果沙拉的一部分，香甜爽口，令人難忘。這本選集便是朝著這個方向去編選的，每篇文章都是各國名家的代表作，這些名家筆下展現的是類似不同水果的酸甜，提供的是精神層次的沙拉。不論哪一種文類，讀過之後，可一再細想文中意涵，體驗人生不同的滋味。

　　基於閱讀方便，這本選集拋開以文類來做區隔，而是純粹以內容來區分。不同文類在打散後，重新組合，有點類似一大碗水果沙拉，碗中盡是當令水果，種類繁多，顏色鮮豔誘人，令人見了食指大動，總想嘗嘗它的滋味。每

篇文末的「悅讀分饗」文字長短不一，視內容而定。概括說來，水果沙拉應該是不錯的比喻。

一書嘗遍各國文學大廚的手藝

以水果沙拉來比喻這本選集的內容，它的多樣性自然是其中的特點之一，作者來自不同的國家就是最好的說明。他們分別來自英國、法國、德國、匈牙利、俄國、義大利、美國、匈牙利、伊朗、菲律賓、印度、黎巴嫩、埃及、南非、南斯拉夫、捷克、瑞士等十七國。各人不同的背景，形塑了相異的文字風格。

如果就實際內容來分類，整本書可略分為三大部分：自然──「寄情自然」；情──「萬物有情」、「親情可貴」、「愛情是怎麼回事」、「人間有情」；人生──「人生向前行」、「回首前塵」、「世間多驚奇」等篇章。這些作家熱愛大自然，在與大自然互動中，領悟到人生的真義；他們活在親情、友情和愛情的環繞中，深刻了解「情」字的威力，以及收放之間的拿捏；他們在回顧自己的一生時，留下寶貴的生活體驗，給綿延不絕的後起之秀不少啟示。他們不藏私，希望他們的文字魅力可以改變，甚至扭轉某

些正徘徊在人生道路上猶豫不前的年輕人的心態。他們透過經年累月的觀察、思考、積澱與領悟後，形成各自獨特的寫作風格，為我們大小讀者留下一篇篇佳文，協助我們在精神與心靈方面的成長更加快速和穩定。

淺嗅深嘗兩相宜，多食有益

編譯者在選文過程中遭遇不少取捨的困擾。有些個人非常喜愛的美文，卻因版權問題無法解決，只好割捨（例如史坦貝克的〈巨人樹〉、以撒‧艾西莫夫的〈快樂時光〉、莫娜‧加德納的〈晚宴〉等）；有的非英文書寫作品，一時找不到相關英譯，只得作罷；有的美文的訴求對象是成人層次，青少年不宜閱讀，不便選用。幸好外國美文無所不在，選用過程還算相當順利。

至於適讀對象的設定，也是見仁見智。編譯者相信許多當代的青少年在不同媒體的衝激下，已具有相當的文字閱讀能力，同時也相信人在學習過程當中，應該接觸內容比較繁雜難懂和抽象的事物，測試自己的學習極限，設法深入理解它們的外延及內涵意義，學習才有效率。

就篇幅長短、適讀訴求和內容意涵來說，這些選文適

合擔任「晨讀十分鐘」活動的教材，即使內容稍深，只要
師長和爸媽能確實達成「師生共讀」、「親子閱讀」活動，
必定可以促進並加溫師生以及兩代的情感。

美食當前，敬請開動！

專家學者再三強調，教科書只是一種學習工具，不是
全部。好的課外讀物不僅能加速增強閱讀能力，還能拓寬
視野，百益而無一害。讀者透過大量閱讀，可以獲得樂趣、
增進對人事物的了解，並且獲得各種不同的資訊。讀者經
由文學作品的長期薰陶，必定可以進入美妙的閱讀情境，
自然而然融入潛移默化的過程。在閱讀這本選集時，讀者
不妨想像自己正沉浸在這些美文勾勒的美妙空間裡，領略
不同程度的樂趣，了解周遭的一切變遷，並進一步過濾與
抉擇種種從四面八方撲來的疲勞轟炸式的資訊。

編譯者很高興有機會把自己喜愛的美文介紹給大小讀
者來分享。身為美好異想世界的推介者，編譯者深信美文
造成的心靈激盪絕非簡單的文字敘述可以概括的。這些美
文絕對不致於艱澀難讀。它們有如美味可口的水果沙拉，
正等著你拿起叉子，好好享用這人間美食！

目錄

萬物有情

親情可貴

愛情是怎麼回事

人間有情

人生向前行

寄情自然

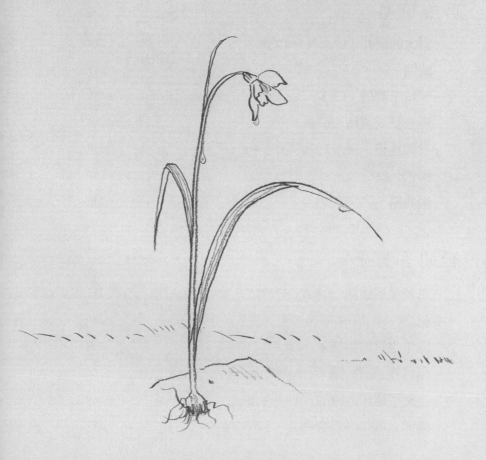

最浪漫的絮語不在雲端，在微風中的枝椏花葉間；
最綺麗的景致不在千里之外，在穹蒼沃土構築的綠色世界。
且放下俗事，別再迷網，恣意瀟灑的走一回吧！

書桌，走開！

〔英國〕 華茲華斯

起來！朋友！快把書本拋開，

不然你準會屈背傴腰；

起來！朋友！快點笑顏逐開，

為何要煩惱操勞？

夕陽正緩步在山頭，

以溫煦豔麗的霞光，

遍灑連綿的青綠麥田，

為傍晚塗上一抹金黃。

書本！無止境的無聊差事，

遠不如傾聽林中紅雀歌唱；

牠的歌聲多甜美！我發誓，

其中有更多的智能迴蕩。

你聽！那畫眉的歌聲多嘹亮，
做傳道的牧師，它最稱職；
快快躍入這萬象的輝光，
讓大自然做你的導師。

她擁有無盡的現成珍寶，
豐富我們的心靈──
自在的智慧，煥發著健康；
醇厚的眞理，洋溢著舒爽。

春天樹林裡的一陣悸動，
便能遠比一切的賢哲，
幫你分辨善良與邪惡，
更能教導你人性的種種。

大自然的智慧多麼芬芳，
人類的理智偏要干預，

扭曲了萬物的美好形象——

謀殺了一切，只爲剖析。

別再爲科學與技藝大放厥詞，

荒瘠的書本也可拋在腳下；

你只須備妥一份心智——

敏於觀察，善於接納。

| 作者簡介 |

威廉‧華茲華斯（William Wordsworth, 1770-1850），英國
浪漫主義詩人，文藝復興以來最重要的英語詩人之一，與
雪萊、拜倫齊名。曾常年居住在湖畔，以詩作歌詠湖光山
色，而被稱為「湖畔派詩人」。代表作有與塞繆爾‧泰勒‧
柯勒律治合著的《抒情歌謠集》（*Lyrical Ballads*）、長詩
《序曲》（*Prelude*）、《漫遊》（*Excursion*）。曾受封為
桂冠詩人。

悅讀分饗

作者並非鼓勵學子遠離教室，直接在外面的空間嬉戲。他認為野外的一切同樣是很好的學習空間。不要忘記華滋華斯一向倡導向大自然學習。

全詩以樸素清新，自然流暢的文筆，活潑典雅的風格，表現了作者對書籍的看法，這首詩簡單明瞭，以平民化的語言抒寫事物、思想與感情，在平淡無奇中寓以深意，寄託著自我反思和人生探索的哲理思維。

生活在大自然的懷抱裡

〔法國〕　盧梭

　　爲了到花園裡看日出，我比太陽起得更早；如果這是一個晴天，我最殷切的期望是不要有信件或訪客擾亂這一天的清寧。我用上午的時間做各種雜事。每件事都是我樂意完成的，因爲這都不是非立即處理不可的急事，然後我匆忙用膳，爲的是躲避那些不受歡迎的來訪者，並且使自己有一個充裕的下午。即使最炎熱的日子，在中午一點鐘前我就頂著烈日帶著小狗芳夏特出發了。由於擔心不速之客會使我不能脫身，我加緊了步伐。可是，一旦繞過一個拐角，我覺得自己得救了，就激動而愉快的鬆了一口氣，自言自語說：「今天下午我是自己的主宰了！」接著，我邁著平靜的步伐，到樹林中去尋覓一個荒野的角落，一個人跡不至因而沒有任何奴役和統治印記的荒野的角落，一個我相信在我之前從未有人到過的幽靜的角落，那兒不會

有令人厭惡的第三者跑來橫隔在大自然和我之間。那兒，大自然在我眼前展開一幅永遠清新的華麗的圖景。金色的燃料木、紫紅的歐石南生長繁茂，給我深刻的印象，使我欣悅；抬頭可看到宏偉的樹木、四周是纖麗的灌木、腳下驚人紛繁的花草使我眼花撩亂，不知道應該觀賞還是讚嘆：這麼多美好的東西競相吸引我的注意力，使我在它們面前留步，從而助長我懶惰和愛空想的習慣，使我常常想：「不，一身輝煌的所羅門也無法同它們當中任何一個相比。」

我的想像不會讓如此美好的土地長久杳無人煙。我按自己的意願在那兒立即安排了居民，我把輿論、偏見和所有虛假的感情遠遠驅走，使那些配享受如此佳境的人遷進這大自然的樂園。我將把他們組成一個親切的社會，而我相信自己並非其中不相稱的成員。我按照自己的喜好建造一個黃金的世紀，並用那些我經歷過的給我留下甜美記憶的情景和我的心靈還在憧憬的情境充實這美好的生活。我多麼神往人類真正的快樂，如此甜美、如此純潔、但如今已經遠離人類的快樂。甚至每當念及此，我的眼淚就奪眶而出。啊！這個時刻，如果有關巴黎、我的世紀、我這個

作家卑微的虛榮心的念頭來擾亂我的遐想，我將懷著無比的輕蔑立即將它們趕走，使我能夠專心陶醉於這些充溢我心靈的美妙情感！然而，在遐想中，我承認，我幻想的虛無有時會突然使我的心靈感到痛苦。甚至即使我所有的夢想變成現實，我也不會感到滿足：我還會有新的夢想、新的期望、新的憧憬。我覺得我身上有一種沒有什麼東西能夠填滿的無法解釋的空虛，有一種雖然我無法闡明，但我感到需要對某種其他快樂的嚮往。然而，甚至這種嚮往也是一種快樂，因為我從而充滿一種強烈的感情和一種迷人的感傷——而這都是我不願意捨棄的東西。

我立即將我的思想從低處升高，轉向自然界所有的生命，轉向事物普遍的體系，轉向主宰一切的不可思議的上帝。此刻我的心靈迷失在大千世界裡，我停止思維，我停止冥想，我停止哲學的推理；我懷著快感，感到肩負著宇宙的重壓。我陶醉於這些偉大觀念的混雜，我喜歡任由我的想像在空間馳騁；我禁錮在生命的疆界內的心靈感到這兒過於狹窄，我在天地間感到窒息，我希望投身到一個無限的世界中去。我相信，如果我能夠洞悉大自然所有的奧祕，我也許不會體會這種令人驚異的心醉神迷，而處在一

種沒有那麼甜美的狀態裡；我的心靈所沉湎的這種出神入
化的佳境，使我在亢奮激動中有時高聲呼喚：「啊，偉大
的上帝呀！啊，偉大的上帝呀！」但除此之外，我不能講
出也不能思考任何別的東西。

| 作者簡介 |

盧梭（Jean-Jacques Rousseau , 1712-1778），法國啟蒙思想
家、哲學家、教育學家、文學家。代表作有《論人類不平
等的起源和基礎》、《民約論》，小說《愛彌兒》和《新
愛洛綺絲》，自傳體小說《懺悔錄》等。他的思想影響了
法國資產階級革命，他的文學作品對後世感傷主義和浪漫
主義文學的影響極為深遠。他的「回到自然」的口號影響
了後世對兒童教育問題的處理。

｜悅讀分饗｜

　　這篇文章是作者遠離世事的擾亂，走進大自然中的愉快感覺以及由此引發的豐富聯想，表達了作者熱愛自然、崇尚個性自由、蔑視世俗的思想。作者的思緒已經從想像層面上升到精神層面，從生活層面提升到生命層面，層層深入，到最後，自然已不僅僅是客觀存在的美景了，而上升到宇宙，自然界所有的生命，作者的心靈完全迷失在大千世界中了。

詩

〔英國〕 埃莉諾·法傑恩

詩為何物？有誰知？

不是玫瑰，卻散發著玫瑰芳香；

不是天空，卻有天空般的明媚；

不是流螢，卻閃著流螢般光芒；

不是大海，卻擁有大海的濤聲；

不是我自己，卻能塑造我的氣質；

我能悟出散文難以描摹的景象。

詩為何物？有誰知？

│作者簡介│

埃莉諾‧法傑恩（Eleanor Farjeon, 1881-1965），英國詩人，童話作家。雖然她的童年時代沒受過正規的學校教育，但她大量的閱讀父親的藏書，獲得了豐富的知識和啟發，7歲起就會用打字機開始創作了，作品常取材於英國民間故事。她的第一本娛樂性故事和童話集《小書房》如同英國卡洛爾、米爾恩的兒童文學作品一樣，在英國及全世界受到廣大兒童和成人的喜愛。一生著作有八十多本，創作類型包括詩、小說、劇本、童謠和童話故事。1956年獲得國際安徒生大獎。

│悅讀分饗│

作者給詩下了很有趣的定義，她舉了許多例子來說明詩的真正性質。詩並不指某一句子或者某一句話，詩指的是那個句子或者那句話給我們的美好感覺。世界上只有詩能夠增進人類的同情心，能夠使人有更敏銳的感受力，能夠訓練人的想像力。不要忘記孔子曾說過：「詩，可以興，可以觀，可以群，可以怨。」（詩可以激發情志，可以觀察社會，可以交往朋友，可以怨刺不平。）

一滴水

〔匈牙利〕 拉卡托斯

這一滴水也許是尼加拉瀑布的一部分，它也許曾經有過顯赫的奇蹟呢。

也許只是臉盆裡的一個肥皂泡，但卻有洗淨勞動者汗垢的功效。

也許弄到威士忌裡去，成為天才也夢想不到的快樂的對象。

再也許這是一滴聖水，灑在新生嬰兒身上，來祝福他的長命。

也許這一滴水，你把它燒開，是給伯母瑪麗喝的茶。茶的味兒非常香，能贏得她的歡喜，也許就把你的缺點都忘了，馬上喚她的律師來，正式承認你做她的繼承人呢。

這一滴水也許是人臉上的汗，所以也許會含有勞動、煩惱甚至痛苦的意思。

也許是你愛人嘴唇上表示愉快和舒服的東西。

也許只是天上落下來的一滴雨。

也許是快樂得發狂的一滴淚；不然，就是痛苦得哭出聲來的一滴淚。

一滴水而已……麻雀喝了，使它得到片刻的精神安慰。可是一下子，麻雀會忘記的。

再也許，只是花叢裡的一滴小露水，被花的小口吸進去之後，這花便給一位可愛的小姑娘採去了，做了香水，灑在身上，這水就成了她的愛人迷惑的追求她的東西。

你別小看了它。它，一滴水，本身簡直就是宇宙的縮影。

| 作者簡介 |

拉卡托斯（Imre Lakatos, 1922-1974）是英籍匈牙利著名的數學哲學家和科學哲學家。出生於匈牙利的一個猶太商人家庭，戰後改姓為拉卡托斯，成為魯卡奇（Gyorgy Lukacs）的研究生。1949 年去莫斯科大學，隔年回國後被捕拘禁三年多。1954 年在匈牙利科學院數學研究所任翻譯工作，將重要數學著作譯成匈牙利文，為他日後在數學哲學領域奠定堅實基礎。1956 年爆發「匈牙利事件」，他輾轉逃亡至英國，在劍橋皇家學院開始學術生涯。

悅讀分饗

　　讀這篇短文，不能不佩服作者超拔的想像，佩服他那海闊天空的豐富的聯想。

　　一滴水，微不足道，作者卻從中發掘、引申出與自然界和人類生活相關聯的諸多含義。或偉大，或渺小；或顯赫，或平庸；或神聖，或粗陋；或複雜，或簡單；或代表永恆，或倏忽即逝……

　　其中有兩段特別值得一提。一段是：一滴水──燒開為茶──茶味很香──伯母喝了很高興，於是「把你的缺點都忘了，馬上喚她的律師來，正式承認你做她的繼承人呢！」這其中不乏「祝你走運」的幽默與「想入非非」的調侃。另一段是：一小滴露水──被花的「小口」吮吸──花被小姑娘採去──做了香水灑在身上，於是「這水就成為她的愛人迷惑的追求她的東西。」這裡，寄託著美麗的想像與美好的祝福。在以上兩段裡，小小的一滴水，已與「人的命運」緊緊相連；我們透過一滴水所看到的，已不僅僅是一滴水，而是機遇、幸福、愛情之類形形色色、異彩紛呈的人生際遇。在這裡，「一滴水」的多色彩、多角

度的折射，靠的就是飛馳的聯想與無羈的想像。

　　一滴水，你別小看了它，它「本身簡直就是宇宙的縮影」。我們從中不是可以產生更多的聯想、悟出更多的哲理麼——瞬間和永恆、渺小和偉大、微觀和宏觀、一個小時和一個世紀、一件小事和一個社會、一個人和一個世界……

　　〈一滴水〉所描繪的情景也會讓讀者想起英國詩人布雷克（William Blake）的名句：「窺細砂見世界，窺野花見天國。」（To see a world in a grain of sand, and a heaven in a wild flower.）

雨珠・露珠・淚珠

〔伊朗〕 尤素福・埃泰薩米

　　東方破曉，晨光熹微。黎明女神飄然下凡，從嬌豔欲滴的紅玫瑰近旁走過，看見花瓣上有三滴晶瑩的水珠在向她招手，請她留步。

　　「熠熠閃光的水珠，你們有何貴幹？」女神駐足問道。

　　「有勞大駕，請妳當我們的裁判。」

　　「噢，什麼事啊？」

　　「我們同屬於水珠，可是來源出身各異。請問哪顆水珠更珍貴呢？」

　　女神指著其中的一顆水珠說：「那你就先自我介紹一下吧！」

　　雨珠聽到要她先說，十分得意的晃了晃身子說：「我呀，來自高空的雲層，是大海的女兒，象徵波濤洶湧的海洋。」

「我是黎明之前凝成的露珠。」另一顆迫不及待的搶著說，「人們稱讚我爲五彩朝霞的伴娘，奇花異草的美容師。」

第三顆水珠遲遲不肯開口，黎明女神和顏悅色的問道：「那麼，你呢，我親愛的小姑娘？」

「我不算什麼。」她忸怩的回答，「我來自一位姑娘的明眸。起初像是微笑，而後又稱友情，現在被叫做眼淚。」

頭兩顆水珠聽她這麼說，不約而同的撇撇嘴，露出輕蔑的笑容。黎明女神小心翼翼的將淚珠置於手中，連聲稱讚道：「還是你有自知自明，絲毫也不炫耀，顯然比她們倆更純潔，也更珍貴！」

「可我是大海的女兒呀！」雨珠急得叫了起來。

「我是遼闊蒼穹的女兒！」露珠很不服氣。

「是的，一點也不錯。」黎明女神鄭重的說，「而她呢，是人類內心純眞感情的昇華，而後凝結成奪眶而出的淚珠。」

言罷，女神吮吸了淚珠，頓時消失得無影無蹤。

|作者簡介|

尤素福・埃泰薩米（1874-1937），伊朗作家、翻譯家。

|悦讀分饗|

　　這篇寓言是經典之作。作者採用神話的形式闡述了一個深邃的道理：人類内心純真的感情才是最珍貴的。全文短小精悍，文字優美，蘊意深遠，意味深長。

　　作爲寓言式的散文，本文選用擬人手法，將形象刻畫得鮮明生動，極富感染力。雨珠、露珠和淚珠都是客觀無情的事物，但作者卻賦予它們以人性，成爲有著喜怒哀樂的生靈，並懂得拿自己與「別人」比優劣。它們在與黎明女神的「對話」中充分展現了各自的「性格特徵」。顯然那雨珠、露珠代表著仗勢而跋扈，傲慢自大的一類人，而淚珠則是謙虛謹愼不驕不躁的一類人。被社會肯定的當屬後一類人。其次就是讚頌了人類純真的感情，權勢、金錢、名譽可能讓很多人拜倒，但是只有真摯的感情才具有無與

倫比的力量，才能讓人們彼此信任，坦誠相待，而這些正是當今社會人們所忽略的。讀後予人的啓示，當能讓很多人會心一笑。

夏日最後的玫瑰

〔愛爾蘭〕 湯瑪斯·莫爾

夏日最後的玫瑰

還在孤獨的綻放

所有它可愛的伴侶

都已凋謝死亡

再也沒有一朵鮮花

陪伴在它的身旁

映照它緋紅的臉龐

和它一同嘆息悲傷

我不願看你繼續痛苦

孤獨的留在枝頭上

願你能跟隨你的同伴

一起安然長眠

我把你那芬芳的花瓣

輕輕散布在花壇上

讓你和親愛的同伴

在那黃土中埋葬

當那愛人的金色指環

失去寶石的光芒

當那珍貴的友情枯萎

我也願和你同往

當那忠實的心兒憔悴

當那心上的人兒死亡

誰還願孤獨的生存

在這淒涼的世界上

| 作者簡介 |

湯瑪斯・莫爾（Thomas Moore, 1779-1852）是愛爾蘭詩人、歌手、作曲家和表演者，最為世人熟知的是這首歌詞〈夏日最後的玫瑰〉。他與約翰・穆雷（John Murray）負責在拜倫（Lord Byron）死後，燒毀他的回憶錄。他的一生中，常常被稱為阿那克里翁・莫爾（Anacreon Moore）。

悅讀分饗

〈夏日最後的玫瑰〉（又名〈夏天最後一朵玫瑰〉）是一首古老的愛爾蘭民歌，是世界上廣為流傳的愛爾蘭抒情歌曲。它原來的曲名叫作〈年輕人的夢〉，後來一個叫米利金的人給它重新填詞，改名為〈布拉尼的小樹林〉。到了 19 世紀愛爾蘭的著名詩人湯瑪斯·莫爾又另外為這個曲子填了詞，改名為〈夏日最後的玫瑰〉。歌詞內容略帶傷感，作者借夏天最後一朵玫瑰來比喻愛情和青春即將凋謝，抒發對美好事物逝去的依戀心情。

詩中講述世上多少美好的情誼，如同夏日最後的玫瑰，只能獨自綻放，只能獨自在芬芳裡憶著過去相伴的美好時光，而那最後的情誼只有在孤獨裡慢慢憔悴。若真心已逝，愛情凋零，友情枯萎，又有誰還願意活在這蒼涼的世界……詩中隱隱透著一種孤獨卻堅強的意境。

一個樹木的家庭

〔法國〕 朱爾·列那爾

　　我是在穿過了一片被陽光烤炙的平原之後遇見他們的。

　　他們不喜歡聲音，沒有住到路邊。他們居住在未開墾的田野，靠著一泓只有鳥兒才知道的清泉。

　　從遠處望去，樹林似乎是不能進入的。但當我靠近，樹幹和樹幹漸漸鬆開。他們謹慎的歡迎我。我可以休息、乘涼，但我猜測，他們正監視著我，並不放心。

　　他們生活在家庭裡，年紀最大的住在中間，而那些小傢伙，有些還剛剛長出第一批葉子，則差不多遍地皆是，從不分離。

　　他們的死亡是緩慢的，他們讓死去的樹也站立著，直至朽落而變成塵埃。

　　他們用長長的枝條相互撫摸，像盲人憑此確信他們全

都在那裡，如果風氣喘吁吁要將他們連根拔起，他們的手臂就憤怒揮動。但是，在他們之間，卻沒有任何爭吵。他們只是和睦的低語。

　　我感到這才應是我真正的家。我很快會忘掉另一個家的。這些樹木會逐漸逐漸接納我，而為了配受這個光榮，我學習應該懂得的事情：

　　我已經懂得監視流雲。

　　我也已懂得待在原地一動不動。

　　而且，我幾乎學會了沉默。

| 作者簡介 |

朱爾・列那爾（Jules Renard, 1864-1910），法國作家。重要作品有《胡蘿蔔鬚》、《海蟑螂》等。

悅讀分饗

〈一個樹木的家庭〉中的林中樹木，有時會遭到外界的襲擊和侵害，但它們不會互相加害，這是自然造就了的。而希望幸福的生存，希望全體社會成員之間和平友愛，這是人類的理想。在作者眼中默然佇立的樹木是「沒有任何爭吵」、「只是和睦的低語」，這不僅如實描繪了自然景物，而且也恰好反映出人類的理想。這些精神層面的東西，在閱讀中可以用心領會。

雲杉和松樹

〔南斯拉夫〕 佩塔爾·科契奇

從光輝明朗的空際溢出生機盎然閃爍歡快的光芒。

催人睡意的山花四處綻放，隨風飄香。溼潤的林中草地上，妄自尊大的藜蘆傲慢的伸展著綠葉，而在溫暖陽光下乾燥而多石的地方，早已腐爛的去年的蕨科植物叢中，香氣襲人的紫羅蘭也已初露新綠。

鳥兒響亮的同聲啼囀鳴唱，歡天喜地的抖動著身軀，在樹枝上飛來飛去。縷縷炊煙從燻黑的煙囪裡緩緩升起，無憂無慮的輕輕飄向晶瑩剔透的蔚藍色天空，消失在傲然矗立於村莊上方蒼翠的雲杉樹林裡。

碧空如洗、陽光明媚的天空下，雲杉和松樹傲然挺立，雄偉蒼勁，巍然不動。它們總是彷彿憂傷不已，沉思綿綿。萬物為生命復甦而歡呼雀躍，而它們呢？無論大地是春、是夏、是秋，還是冬，它們都無動於衷！它們永遠是那樣

的冷漠陰森，悲傷惆悵，因為它們的心兒在呻吟，卻無人聽見；它們淚珠漣漣，卻無人看見。每當我眺望它們的時候，內心倍感沉重。大自然為何對我心愛和珍惜的雲杉與松樹這般嚴酷？

我的雲杉，我的松樹，我失去了一切希望；我的生活也同你們的生活一樣充滿了的隱憂，因而，心兒在呻吟，但這呻吟無人聽見；眼淚在流淌，但這眼淚卻無人看見。

啊，我知道，你們銳利刺人的松針，那是凝固了的眼淚；你們一身的綠裝，那是對從不向我們綻開笑容的常青之春深深的思念，默默的思念！

心兒在呻吟，但無人聽見；眼淚在流淌，但無人看見。

| 作者簡介 |

佩塔爾‧科契奇（Petar Kocic, 1877-1916），前南斯拉夫作家。重要作品有三卷本小說集《山上和山下的故事》等。

悅讀分饗

　　文章剛開始時，山花飄香，綠葉伸展，新綠初露，鳥啼囀鳴，炊煙緩升，一片充滿希望的景象。沒想到作者把目光投向雲杉和松樹時，卻是兩樣情：它們冷漠陰森，悲傷惆悵，作者不禁埋怨大自然爲何對它們這般嚴酷？

　　作者筆觸運用自如，先是觸景傷情，接著心隨景轉，吐露深藏内心的隱憂。呻吟的心和流淌的淚，表露無遺。

與花兒攀談

〔埃及〕 艾哈邁德·巴哈加特

　　我站在一株花面前，這花孤零零的生長在一座被遺棄的花園裡。這花園座落在沙漠中的一個庭院裡。花兒感到孤寂，或者我是這樣想像的。在這個地方沒有任何別的東西，只有她。我以為她一定渴望著一個綠色的夥伴，來慰藉她那無邊空曠中的孤獨。

　　我對她說：「早安！你是此處最美麗的花朵！」

　　她說：「『最美麗』是什麼意思？」

　　我明白了，她太謙虛了，謙虛到這種程度——不知道自己是美麗的。造物主的法則——花兒們都順從這法則——使我感到驚奇。我又問她：「你在泥土的黑暗和沉重中開闢道路時，想著什麼？你感到很痛苦嗎？」

　　花兒說：「什麼叫『痛苦』？」

　　我明白了，痛苦只存在於人類的生活中，而純美也是

她所不了解的。我問她：「請問你現在在想些什麼？」

她說：「我在想給空氣送去芬芳的時刻。」

我問她：「你有那麼喜歡空氣嗎？」

她說：「太陽是主因。」

我說：「你愛上太陽了嗎？」

花兒說：「太陽給我能量，上帝允准太陽給我能量，使我充滿了馨香。這馨香將一直囚於我的內心。所以我想，何時芳香將從我溢出，散發在我周圍的空氣中。而這就是正在發生的事情。」

我問：「花兒喲，對你的奉獻，你將得到什麼？」

花兒說：「我不考慮這些。我不問將獲得什麼，我只給予。」

我對她說：「我希望你回答我的問題。再想一想，對你的給予你將得到何種補償？什麼樣的回報？」

花兒說：「什麼叫『回報』？」

我對她說：「我似乎在和你用不同的語言說話。我真抱歉。請問你現在的夢想是什麼？」

花兒說：「凋謝，走向平靜的老年。創造物落於大地，這多麼美妙啊！它給予馨香，留下智慧。」

| 作者簡介 |

艾哈邁德‧巴哈加特，埃及當代散文家、評論家，生平不詳。他的散文、雜文、評論文章等已有多部結集出版。

| 悦讀分饗 |

這是一篇寫人與花兒關於一個簡單話題進行攀談的對話體散文。花兒本無語，實際是作者自語。作者的內心是複雜矛盾的，他通過花兒的口吻，把自己複雜矛盾的內心表達出來。作者描寫了花兒平淡的一生：把馨香溢出，把芬芳散發給周圍的空氣，然後凋謝、走向平靜的老年。然而，從花兒樸素、平淡的答話中體現了她無私奉獻、知恩圖報的崇高思想。同時還讓我們了解到花兒面對短促的生命，體現出一種樂觀、曠達看待生死的精神境界。文章表面是在讚花，實則是在喻人。

這篇散文構思奇特，布局巧妙。作品沒有一處直接描寫花的形狀、顏色、大小，而是通過「我」與花兒的簡短對話來體現文章的中心。文章開頭，作者精心布置了一個特殊的對話場景，將「我」與花兒置於一個沙漠中被人遺

棄的花園裡。在如此惡劣的生存環境中，花兒不是抱怨，而是奉獻和感恩。只因爲太陽給了她能量，使她內心充滿馨香，她要將芬芳散發給周圍的空氣，以此來回報太陽。而對於付出和給予，她絲毫不求回報。惡劣的環境烘托出花兒思想的偉大與崇高。

　　本文在藝術上採用了對話體形式來構築，這本身就是作者精心構思、巧妙布局的結果。同時，作者在對話之間還偶爾穿插了自己的評論，有助於表達文章的中心和主題。本文運用了擬人的手法，雖然花兒本沒有語言和情感，作者將花兒比擬成人，賦予花兒語言和感情，從而使文章充滿活力，感情眞摯動人。

會說話的樹

〔黎巴嫩〕 雷哈尼

在美國加利福尼亞的密林中，有許多參天古木。其粗大，其久遠，都勝過黎巴嫩杉。有的巨樹樹幹竟被鑿穿成洞，車輛可以從中通行，難道這一點還不足以證明它們是多麼驚人的粗大！要說古老，其證明莫過於在那片森林中有些樹幹竟有些石化。但是作為世界奇觀的加利福尼亞的樹木，它們也不過就是一些龐然大物，既沒有什麼奧祕引人探索，也沒有什麼意義供人敘述。它們的確是大，的確是老，然而卻又聾又啞又不會生育；它們沒有故事，也沒有歷史；沒有一位先知在它們的陰影下生活過，也沒有一位詩人對他們動過情、吟過詩。它們當年蔭庇的只不過是原始人和林中獸，而他們卻沒有什麼思想和情感播種在這些樹木的四周。這些樹木的巨大純粹是物質的，它們的聲譽所至，僅限本國土地。知其者也不過是些學者、遊客而已。

　　而杉樹和其他一些樹，如穆斯林心目中的酸棗樹、佛教徒心目中的菩提樹，其中自有一種尊貴、偉大之處，這種尊貴、偉大是無形的，絕非物質。那杉樹有一種聲音，永不消逝，縱然樹本身會死去。杉樹是一種會說話的樹，它，會將歷史的祕密，還有人類心靈的祕密宣揚、傾訴。

　　你瞧！這些樹竟有這樣崇高的地位，以至於它們越粗大越古老就越壯麗，這究竟是何道理？人類把自己一些心靈和希望，同泥土、陽光、水和空氣混合在一起，這一切豈能是徒勞無益？

　　是什麼使我們在杉樹枝葉的窸窣中彷彿聽到了歷史的聲音？在這些樹的靈魂與那些詩人、信徒的靈魂之間，究竟有什麼神祕的關係？我並非在此故弄玄虛。我彷彿覺得信仰園圃中的一粒種子、愛的源泉中的一滴水，從人的手中、心裡落到這種樹的根旁，於是與它混合在一起，化為它的枝、成長；化為它的花，開放；化為它的果，結實；化為它的樹脂，變成香煙嫋嫋升騰於天際。

　　愛將永世長存。那些受先知和詩人鍾愛的樹木具有永恆、崇高的靈魂。黎巴嫩杉正是這類樹。它們與世長存，一派生機，它會說話，述說著大自然與人生的奧祕；它蘊

涵著神性、也賦有人類精神方面的氣質。

| 作者簡介 |

雷哈尼（Amin ar-Rihani, 1876-1940），黎巴嫩旅美派作家、詩人。1888 年，隨親人旅居美國紐約，為旅美派文學巨擘之一及著名的民族主義者。作品多為散文、遊記，筆調清新、瀟灑，與紀伯倫相伯仲。重要作品有遊記文學《阿拉伯列王志》、《黎巴嫩腹地》，散文集《你們這些詩人》、《雷哈尼散文集》等。

| 悅讀分饗 |

　　作者原籍黎巴嫩，雖遷居紐約多年，懷鄉之情絲毫未減。文中特別強調杉樹，因為杉樹是黎巴嫩的國樹。去國多年，家鄉景色依舊歷歷在目，藉投射遣悲懷，不難理解。

　　伊斯蘭教《古蘭經》53 章 14、15 節中曾提到：「在極境的酸棗樹旁，那裡有歸宿的樂園」。另根據佛教傳說，佛陀在印度菩提迦耶地方一棵菩提樹下坐禪而證得覺悟成佛，故菩提樹常為佛教象徵。酸棗樹與杉樹成為作者心目中具有崇高地位的樹，也就理所當然了。

樹木

〔德國〕 赫曼・赫塞

　　樹木對我來說，曾經一直是言詞最懇切感人的傳教士。當它們結成部落和家庭，形成森林和樹叢而生活時，我尊敬它們。當它們隻身獨立時，我更尊敬它們。它們好似孤獨者，它們不像由於某種弱點而遁世的隱士，而像偉大而落落寡合的人們，如貝多芬和尼采。世界在它們的樹梢上喧囂，它們的根深扎在無垠之中；唯獨它們不會在其中消失，而是以它們全部的生命力去追求成為獨一無二：實現它們自己的、寓於它們之中的法則，充實它們自己的形象，並表現自己。再沒有比一棵美麗的、粗大的樹更神聖、更堪稱楷模的了。當一棵樹被鋸倒並把它致死的傷口赤裸裸的暴露在陽光下時，你就可以在它的墓碑上、在它樹樁的淺色圓截面上讀到它完整的歷史。在年輪和各種畸形上，忠實的記錄了所有的爭鬥、所有的苦痛、所有的疾

病、所有的幸福與繁榮、瘦削的年頭、茂盛的歲月、經受過的打擊，以及被挺過去的風暴。每一個農家少年都知道，最堅硬、最貴重的木材年輪最密，在高山上，在不斷遭遇險境的條件下，會生長出最堅不可摧、最粗壯有力、最堪稱楷模的樹幹。

樹木是聖物。誰能同它們交談，誰能傾聽它們的語言，誰就獲悉真理。它們不宣講學說，它們不注意細枝末節，只宣講生命的原始法則。

一棵樹說：在我身上隱藏著一個核心，一個火花，一個念頭，我是來自永恆生命的生命。永恆的母親只生我一次，這是一次性的嘗試，我的形態和我肌膚上的脈絡是一次性的，我的樹梢上葉子的最微小的動靜，我的樹幹上最微小的疤痕，都是一次性的。我的職責是，賦予永恆以顯著的一次性的形態，並從這形態中顯示永恆。

一棵樹說：我的力量是信任。我對我的父親們一無所知，我對每年從我身上產生的成千上萬的孩子們也一無所知。我一生就為這傳種的祕密，再無別的操心事。我相信上帝在我心中。我相信我的使命是神聖的。出於這種信任我活著。

　　當我們不幸的時候，不再能好生忍受這生活的時候，一棵樹會同我們說：平靜！平靜！瞧著我！生活不容易，生活是艱苦的。這是孩子的想法。讓你心中的上帝說話，它們就會緘默。你害怕，因為你走的路引你離開了母親和家鄉。但是，每一步、每一日，都引你重新向母親走去。家鄉不是在這裡或者那裡。家鄉在你心中，或者說，無處是家鄉。

　　當我傾聽在晚風中沙沙作響的樹木時，對流浪的眷念撕扯著我的心。你如果靜靜的、久久的傾聽，對流浪的眷念也會顯示出它的核心和含義，它不是從表面上看去那樣，是一種要逃離痛苦的願望。它是對家鄉的思念，對母親、對新生活的譬喻的思念。它領你回家。每條道路都是回家的路，每一步都是誕生，每一步都是死亡，每一座墳墓都是母親。

　　當我們對自己具有這種孩子的想法感到恐懼時，晚間的樹就這樣沙沙作響。樹木有長久的想法，呼吸深長的、寧靜的想法，正如它們有著比我們更長的生命。只要我們不去聽它們說話，它們就比我們更有智慧。但是，一旦我們學會傾聽樹木的講話，那麼，恰恰是我們想法的短促、

敏捷和孩子似的匆忙，贏得了無可比擬的歡欣。誰學會了傾聽樹木的講話，誰就不再想成為一棵樹。除了他自身以外，他別無所求。他自身就是家鄉，就是幸福。

| 作者簡介 |

赫曼‧赫塞（Hermann Hesse, 1877-1962）生於德國南方小鎮卡爾（Calw）。少年時迫於父命就讀神學院，後因精神疾病而休學，但始終有志成為詩人，22 歲時自費出版第一本詩集《浪漫之歌》，繼而是《鄉愁》、《車輪下》、《生命之歌》、《徬徨少年時》、《流浪者之歌》、《荒野之狼》等一部部不朽之作，1946 年獲得諾貝爾文學獎。

| 悅讀分饗 |

　　赫塞是一位具有深刻思想內涵和獨特藝術個性的名作家，其作品涵蓋極廣，而對人類生存環境及命運的關注，始終是他創作的焦點。在他的筆下，樹的形象就是人的形象，作家是如此的仰慕著它們，無論是群聚還是孤零零的站著。孤零零站著的一棵樹看上去很寂寞，像某種需要填補的心靈，但卻獨成一道風景。這樣的一棵樹，其實不會

因為寂寞而輕易死去，它會想念，還會繼續生長。既然命運安排了這樣一個環境，它也不會忘記高高嚮往的夢想，它盡量長的高點再高點，枝葉盡量茂盛再茂盛一點，然後期待獨木能成林。於是作家赫塞不僅把它們當作最有說服力的講述者，更把它們看做是一些落拓不群的偉人。

　　在文章的結尾，作家從樹想到了流浪，抒發了瀰漫在心頭對流浪的嚮往。赫塞雖然在戰爭中遭到許多不幸，但他沒有消沉，對自己的文學創作又有了信心。他盡情擁抱自由、空氣與陽光，享受著遠離世界塵囂的寧靜孤寂的生活，享受著工作給他帶來的樂趣。所以，在他的筆下，對家鄉的思念，對母親、對新生活的思念又常常不自覺的流露在他的作品裡。

秋天的日落

〔美國〕 梭羅

　　最近，十一月的一天，我們目睹了一個極其美麗的日落。當我像平時一樣漫步於一條小溪發源處的草地上時，那高空的太陽，終於在一個淒苦的寒天之後、暮夕之前，突於天際驟放澄明。這時但見遠方天幕下的衰草殘莖，山邊的樹葉橡叢，頓時浸在一片柔美而耀眼的綺照之中，而我們自己的身影也長長的伸向草地的東方，彷彿是那縷斜輝中僅有的點點微塵。周圍的風物是那麼妍美，一晌之前還是難以想像，空氣也是那麼和暖純淨，一時這尋常草原實在無異於天上景象。但是這眼前之景難道一定是亙古以來不曾有過的特殊奇觀嗎？說不定自有天日以來，每個暮夕便都是如此，因而連在這裡跑跳的幼童也會覺得自在欣悅。想到這些，這幅景象也就益發顯得壯麗起來。

　　此刻那落日的餘暈正以它全部的燦爛與輝煌，也不分

城市還是鄉村，甚至以往日少見的豔麗，盡情斜映在這一帶境遠地僻的草地之上；這裡沒有一間房舍——茫茫之中只瞥見一隻孤零零的沼鷹，背羽上染盡了金黃，一隻麝香鼠正在洞穴口探頭，另外在沼澤之間望見了一股水色黝黑的小溪，蜿蜒曲折，繞行於一堆殘株敗根之旁。我們漫步於其中的光照，是這樣的純美與熠耀，滿目衰草樹葉，一片澄黃，晃晃之中又是這般柔和恬靜，沒有一絲漣漪，一息嗚咽。我想我從來不曾沐浴過這麼優美的金色光波。西望林藪丘崗之際，彩煥爛然，恍若仙境邊陲一般，而我們背後的秋陽，彷彿一個慈祥的牧人，正趁薄暮時分，趕我們歸去。

我們在蹉躅於聖地的歷程當中也是這樣。總有一天，太陽的光輝會照耀得更加妍麗，會照射進我們的心扉靈府之中，會使我們的生涯灑滿了更大澈悟的奇妙光照，其溫煦、恬淡與金光熠耀，恰似一個秋日的岸邊那樣。

作者簡介

亨利·大衛·梭羅（Henry David Thoreau, 1817-1862），美國作家、哲學家，廢奴主義及自然主義者。梭羅才華橫溢，一生創作了二十多部極佳的散文集，被稱為自然隨筆的創始者。他的文筆簡練有力，樸實自然，富有思想性，在美國 19 世紀散文中獨樹一幟。而《湖濱散記》在美國文學中被公認為是最受讀者歡迎的非虛構作品。其他作品有政論《論公民的不服從義務》、《沒有規則的生活》，遊記《麻塞諸塞自然史》、《康科特及梅里馬克河畔一周》、《緬因森林》等。

悦讀分饗

　　〈秋天的日落〉是一篇梭羅歌頌大自然和諧美妙的寫景散文，他為我們描繪了一個美麗和諧的秋日黃昏。於是「衰草殘莖」的秋日黃昏在日落的點化下沒有了頹衰之氣，風物是「妍美」的，空氣是「和暖純淨」的，這種美是「不分城市還是鄉村」的。作者以博大的胸懷來看待世間萬物，認為自然界是人類共有的財富，只有在大自然面前，人類才是公平的；只有在大自然面前，人們才可以享受超越世俗的公正。於是，在作者的眼中，「秋陽」成了一個「慈

祥的牧人」，他充滿慈愛的普照可以「照射進我們的心扉靈府之中」，「會使我們的生涯灑滿了更大澈悟的奇妙光照」，作者這種獨特的世界觀反映了他追求人與自然和諧統一的思想。

林中

〔瑞士〕 羅伯特·瓦爾澤

佇立林中，這片森林陡陡的高出我們的城市。紛紜的思緒匆匆閃過我的腦際，卻沒有一個念頭稱得上美好。我追索自己的思想，我思考了又思考。

傍晚降臨林中。透過樹幹和枝椏我看到下面城市閃亮的燈光。此時，月亮，這個蒼白高貴的魔術師，從一朵雲彩後面鑽了出來，於是一切變得神樣的美，於是我與周遭的萬物都被魔化。我以為我已死去。月亮的笑容是無與倫比的嫵媚、和藹與善良。善良崇高的上帝就是這樣向他的創造物微笑的。

森林中下起輕輕細雨，林中還有一種朦朧的預感和輕微的動靜。除此之外一切靜悄悄，彷彿置身在一間遠僻高闊的大廳裡。我望著月亮，心中想起一位女子，彷彿唯有它，那高掛在天空的蒼白的月亮才肯向我悄悄吐露心曲。

她是我先前的女友，我們之間變得陌生了，不再互敬問候，不再凝眸相視。然而我卻一如既往，非同一般的愛著她，她依然是我最寶貴的。或許她也像往日那樣喜歡我。我忍不住笑了。

當一個人作為崇高可愛的森林的朋友，置身於林中，敬拜著月亮，這是多麼愉快的事。我身上宛若默默注入勇氣，彷彿從今日起，一切邪惡、一切醜惡都將不再降臨到我頭上。我悠然穿行於寂靜的林中，月把它迷人的光輝灑向樹林，我愈來愈走入林木深處，四周全是枝椏，瀰漫著幽靈般的靜謐。黑暗中不時有點點閃亮。蒼穹一片幽暗，散發深沉快樂的魔力。我多想在此長臥，不願再走出森林，不再想天亮，那喧囂的白晝。惟有永恆的夜晚，歡樂、靜謐、安詳、和平與愛情，為我所求。

| 作者簡介 |

羅伯特・瓦爾澤（Robert Walser, 1878-1956），瑞士知名散文家。創作過 400 多篇散文，長篇小說作品有《唐娜兄妹》、《僕人》和《雅可布・封・顧騰》。發表於 1917 年的《散步》是瓦爾澤散文的代表作，使他從此被喚作「錯過了時間的散步者」。他的作品印數少、銷量少，知音更是寥寥無幾。在評論界，只有卡夫卡、穆澤爾和瓦爾特・本雅明留下了讚美他的隻字片語。

| 悅讀分饗 |

　　當城市的喧囂最終沉寂，當燈紅酒綠最後曲終人散，當我們的浮華或繁華最終成為過去，我們記憶中還會殘留什麼？瓦爾澤的〈林中〉讓人們明白自己在物欲橫飛的時代中還有值得珍惜的東西，它讓我們重新看清自己心靈深處曾經的執著。

　　〈林中〉以月照叢林為作者情思萌發的背景，作者在看厭了城市的繁華擁擠之後，將這片森林看作是與心靈交匯的聖地，在這樣的情況下，再平常不過的月影，也變得嫵媚而和藹，而且此時還下起輕輕細雨。在這樣靜謐、朦朧的月夜，在這遠離塵囂的大自然，與此時此情相配的只

有那超越時光隧道的永恆的事情。作者憶起了自己已失去聯絡的女友，只有此時，作者才肯平靜的面對自己真實的情感，才會將自己的情感毫無保留的釋放。

歌之組曲

〔黎巴嫩〕 紀伯倫

引子

我不想用人們的歡樂將我心中的憂傷換掉；也不願讓我那發自肺腑愴然而下的淚水變成歡笑；我希望我的生活永遠是淚與笑；淚會淨化我的心靈，讓我明白人生的隱祕和它的玄奧；笑使我接近我的人類同胞，它是我讚美主的標誌、符號；淚使我藉以表達我的痛心與悔恨；笑則流露出我對自己的存在感到幸福和歡欣。

我願爲追求理想而死，不願百無聊賴而生。我希望在自己內心深處，有一種對愛與美如飢似渴的追求。因爲在我看來，那些飽食終日、無所事事者是最不幸的人，不啻行屍走肉；在我聽來，那些胸懷大志，有理想、有抱負者的仰天長嘆是那樣悅耳，勝過管弦演奏。

夜晚來臨，花朵將瓣兒攏起，擁抱著她的渴望睡去；

清晨到來，她張開芳脣，接受太陽的親吻。花的一生就是
渴望與結交，就是淚與笑。

海水揮發，蒸騰，聚積成雲，飄在天空。那雲朵在山
山水水之上飄搖，遇到清風，則哭泣著向田野紛紛而落，
它匯進江河之中，又回到大海──它故鄉的懷抱。雲的一
生就是分別與重逢，就是淚與笑。人也是如此：他脫離了
那崇高的精神境界，而在物質的世界中蹣跚；他像雲朵一
樣，經過了悲愁的高山，走過了歡樂的平原，遇到死亡的
寒風，於是回到他的出發點；回到愛與美的大海中，回到
主的身邊。

浪之歌

我和海岸是一對情人。愛情讓我們相親相近，空氣卻
使我們相離相分。我隨著碧海丹霞來到這裡，為的是將我
這銀白的浪花與金沙鋪就的海岸合為一體；我用自己的津
液讓它的心冷卻一些，別那麼過分熾熱。

清晨，我在情人的耳邊發出海誓山盟，於是他把我緊
緊抱在懷中；傍晚，我把愛戀的禱詞歌吟，於是他將我親
吻。

我生性執拗、急躁；我的情人卻堅忍而有耐心。

潮水漲來時，我擁抱著他；潮水退去時，我撲倒在他的腳下。

曾有多少次，當美人魚從海底鑽出海面，坐在礁石上欣賞星空時，我圍繞她們跳過舞；曾有多少次，當有情人向嬌俏的少女傾訴著自己爲愛情所苦時，我陪伴他長吁短嘆，傾訴他將衷情吐露；曾有多少次，我與礁石同席對飲，它竟紋絲不動；我同它嘻嘻哈哈，它竟面無笑容。我曾從海中托起過多少人的軀體，使他們死裡逃生；我又從海底偷出多少珍珠，作爲向美女麗人的饋贈。

夜闌人靜，萬物都在夢鄉裡沉睡，惟有我徹夜不寐；時而歌唱，時而嘆息。嗚呼！ 徹夜不眠讓我形容憔悴。縱使我滿腹愛情，而愛情的眞諦就是清醒。

這就是我的生活；這就是我終身的工作。

雨之歌

我是根根晶亮的銀線，神把我從天穹撒下人間，於是大自然拿我去把千山萬壑妝點。

我是顆顆璀璨的珍珠，從阿施塔特女神王冠上散落下

來，於是清晨的女兒把我偷去，用以鑲嵌綠野大地。

我哭，山河卻在歡樂；我掉落下來，花草卻昂起了頭，挺起了腰，綻開了笑臉。

雲彩和田野是一對情侶，我是他們之間傳情的信使：這位乾渴難耐，我去解除；那位相思成病，我去醫治。

雷聲隆隆閃似劍，在為我鳴鑼開道；一道彩虹掛青天，宣告我行程終了。塵世人生也是如此：開始於盛氣凌人的物質的鐵蹄之下，終結在不動聲色的死神的懷抱。

我從湖中升起，藉著乙太的翅膀翱翔。一旦我見到美麗的園林，便落下來，吻著花兒的芳脣，擁抱著青枝綠葉，使得草木更加清潤迷人。

在寂靜中，我用纖細的手指輕輕的敲擊著窗戶上的玻璃，於是那敲擊聲構成一種樂曲，啟迪那些敏感的心扉。

我是大海的嘆息，是天空的淚水，是田野的微笑。這同愛情何其酷肖：它是感情大海的嘆息，是思想天空的淚水，是心靈田野的微笑。

美之歌

我是愛情的嚮導，是精神的美酒，是心靈的佳餚。我

是一朵玫瑰，迎著晨曦，敞開心扉，於是少女把我摘下枝頭，吻著我，把我戴上她的胸口。

我是幸福的家園，是歡樂的源泉，是舒適的開端。我是姑娘櫻脣上的嫣然一笑，小伙子見到我，霎時把疲勞和苦惱都拋到九霄雲外，而使自己的生活變成美好的夢想舞臺。

我給詩人以靈感，我為畫家指南，我是音樂家的教師。

我是孩子回眸的笑眼，慈愛的母親一見，不禁頂禮膜拜，讚美上帝，感謝蒼天。

我借夏娃的軀體，顯現在亞當面前，並使他變得好似我的奴僕一般；我在所羅門王面前，幻化成佳麗使之傾心，從而使他成了賢哲和詩人。

我向海倫莞爾一笑，於是特洛伊成了廢墟一片；我給克婁巴特拉戴上王冠，於是尼祿河谷地變得處處是歡歌笑語，生機盎然。

我是造化，人世滄桑由我安排，我是上帝，生死存亡歸我主宰。

我溫柔時，勝過紫羅蘭的馥郁；我粗暴時，賽過狂風驟雨。

人們啊！我是真理，我是真理啊，你們要把這一點牢記在心裡。

| 作者簡介 |
哈里・紀伯倫（Kahlil Gibran, 1883-1931）是美籍黎巴嫩作家，被稱為「藝術天才」、「黎巴嫩文壇驕子」，是阿拉伯文學的主要奠基人，20 世紀阿拉伯新文學道路的開拓者之一。其主要作品有《淚與笑》、《先知》、《沙與沫》等，蘊含了豐富的社會性和東方精神，不以情節為重，旨在抒發豐富的情感。紀伯倫和泰戈爾一樣使近代東方文學走向世界的先驅。

| 悅讀分饗 |

〈浪之歌〉是紀伯倫客居美國時，唱給祖國的一支依戀的心曲。

愛國主義是人類最高尚、最聖潔的感情。但這種感情是十分抽象的，要抒難寫之情就必須捕捉形象，託物言情。作者將自己與祖國的關係比作海浪與海岸的依戀關係，而這種關係又如情侶間的愛情一般，生生不捨。於是，作者

抓住海浪與海岸的形象，運用擬人化的手法，即按人的生活、思想、心理來進行藝術構思，寫景抒情，通過對愛情的歌頌來表達對祖國的愛。〈浪之歌〉不單是海浪之歌，又是流浪者的自白之歌，是他撫慰祖國「母親」心靈的一支心曲。

〈雨之歌〉是愛情的頌歌。作者採用擬人和比喻的手法，描繪了雨的各種形態和作用，歸結出：愛情如同雨一般，「是沉思的天空滴下的淚水，是心田裡浮出的微笑。」透過層層的雨霧，窺視出愛情的花朵；通過形象的比擬，使抽象的思想變爲具體的可感物。作品按雨的不同種類與作用來結構和描摹。

寫完了各種雨貌，作品再進行提煉：「我是海洋的嘆息，是蒼穹的眼淚，也是大地的微笑。」愛情也是這樣。作品由雨而愛情，由愛情而表達作者對愛的看法：愛，有如雨露，像「大地的微笑」，給人們帶來歡愉；愛，好似暴雨，像「蒼穹的眼淚」，冷靜而熱烈，可以沖淡「強烈的欲念」；愛，有如細雨，像「海洋的嘆息」，浸潤人們的心田，使多愁善感的人沉醉。〈雨之歌〉透示飄逸之美的雨簾，寄託了作者對美好人生的幢憬。

　　〈美之歌〉表現了作者對「美」的理解，是作者理想與企求的泛影，作為一個遊子，身處異邦，長期漂泊，他耳聞目睹的現實是嚴酷的。正如他在〈奴性〉一文中所說：「我隨著人們從巴比倫到巴黎，從尼尼微到紐約。到處我都看見沙地上足印的旁邊有鐐銬的痕跡，森林和溪谷重複著積年累月的世世代代的呻吟。」對這種不合理的現實怎麼辦呢？作者在結尾假託一個凝望著太陽、獨自徬徨的幽靈的話說：「我的名字叫——自由！」因此，〈美之歌〉中的「美」，就是自由的代名詞！作者歌頌美，就是歌頌自由，就是願自己如自由一樣，能夠創造美好，摧毀醜惡，從而表白他對真理的追求和嚮往！

　　〈浪之歌・雨之歌・美之歌〉均採用內心獨白，逐層深化的寫法，雖各自成篇，又有內在聯繫，貫穿著作者高尚的情操，給人啟迪。

萬物有情

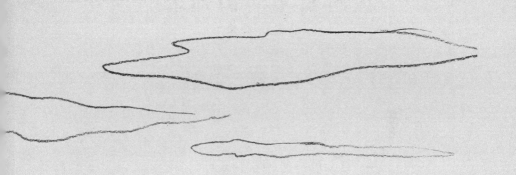

放下人類的高傲，貼近微塵裡的眾生，
在牠的眼眸裡，必能讀到全盤的信賴；
在牠的輕觸下，必能感到無暇的真情。
萬物皆有靈，天地各方皆是情。

從阿爾卑斯山歸來

〔法國〕 都德

在普魯旺斯省，當天氣溫暖起來時，把家畜送到阿爾卑斯山裡去已經是習慣了。畜牲和人在那裡要過五個月或者六個月，夜間便睡在露天底下如腰際般高的草叢裡；隨後，當秋天抖擻而來的時候，他們又下山回到農莊，再度過著被迷迭香熏染的灰色小山上，單調的牧羊生活……

因此，昨天晚上羊群回來了。從早上起，大門便敞開的等待著；羊圈裡鋪了新鮮的乾草。

不時的，人們重複著說：「現在，他們已經到艾傑爾了。現在，已經到巴拉都了。」

接著，近黃昏的時候，突然間喚叫著：「他們到那兒啦！」而在那邊，在遠處，我們看見羊群在塵土揚起的光輝裡前進著。

整條道路好像隨著羊群一起蠕動……老公羊走在最前

邊，角往前伸著，現出凶野的神氣；在後邊，是一大群羊，有疲倦的母羊、偎擠在腿間的乳兒——籃子裡馱著新生的小羊羔；有邊走邊搖晃，頭上戴著紅絨球的騾子；再後邊，是全身浸在汗裡，舌頭伸到地上的狗，還有兩個裹在褐色毛布外套裡，身材高大的牧羊人，他們的外套像袈裟一樣，一直拖到腳後跟。

所有這一切，在我們面前快樂的排成行列，帶著一陣急雨般的踐踏聲擁進了大門。

那時院子裡是怎樣的騷亂啊。金綠色相間的大孔雀，戴著絹絨般的頭冠，從牠們的棲木上認出了來者，並用一種驚人如號筒般的鳴叫著迎接。

沉睡著的雞群被驚醒了。鴿子、鴨子、火雞、竹雞，全部站起來。整個家禽場像是瘋狂了般。母雞們談著要玩一整夜……

彷彿是每隻羊在牠沾染著阿爾卑斯草的芬芳的毛裡，帶回一種使人沉醉、使人舞蹈的田野的活躍氣氛似的。

在這樣的騷動間，羊群找到了各自的住所。沒有比這樣的安置看來更可愛了。老公羊看到牠的石槽，感動得流出了眼淚；那些在旅途中生出來而還未看過農莊的小羊和

極小的羔兒，驚奇的看著牠們的周圍。

　　但是最動人的是那些狗，那些忠於職務的牧羊犬，牠們跟在羊群後邊忙個不停，在農莊上就只看到牠們。守夜的狗在牠的窩裡喚牠們回來是徒勞的；井邊盛滿新鮮水的水桶向牠們招手也全無用處；在羊群進來以前，在粗大的門閂把小柵欄關上以前，在牧羊人到低矮的小屋裡坐在桌子周圍以前，牠們是什麼也不看，什麼也不聽的。

　　直到一切就定位，牠們才僅僅同意進入狗群的窩裡，然後一邊舐著菜湯桶，一邊同農莊上的伙伴們談論著牠們在山裡所做的事情。在那可怕的地方，有狼，有灑落著露珠的大朵的紫色毛地黃。

｜作者簡介｜

阿爾封斯・都德（Alphonse Daudet, 1840-1897），法國小說家。17歲開始文學創作，代表作有《達拉斯貢城的達達蘭》、《阿爾卑斯山上的達達蘭》、《達拉斯貢》三部曲，《雅克》、《星期一的故事》等。他的風格獨特，尤其是他的短篇小說〈最後一課〉、〈柏林之圍〉都已成為世界文學的珍品。

悅讀分饗

全文展現出動物與動物、人與動物之間和諧相處或親密交流的感受。羊群帶回了阿爾卑斯山的生機。牠們的歸家給人們與動物帶來了喜悅與歡欣。

作者刻意表現狗的忠誠（或忠於職守）。他從動物之間的親密關係寫到動物與家園的親密關係，然後以狗為代表，寫出動物與人的關係，使文章的內涵逐步深化。最後寫狗與同伴談論山裡的事情，與文章開頭形成呼應。

作者描寫羊群歸家後的歡樂時寫到大孔雀、母雞、老公羊、羊羔等，都只抓住描寫物件的主要細部特徵簡筆勾勒，使羊群歸家的群像得以簡潔而傳神的表現。他善用擬人化的描寫。全文把羊、狗、雞等都人格化了，如寫羊兒回家後，大孔雀高興的用驚人如號筒般的鳴叫迎接羊兒歸來，母雞們興奮的談著要玩一整夜。這樣描寫給人以親切溫馨的感受，洋溢著樸實動人的生活氣息，使文章更具有生動活潑的情趣。

倖存者

〔美國〕 休・卡夫

　　熬到第三個飢餓的夜晚，諾尼把眼睛盯在那條狗上面。在這座漂流的冰島上，除了高聳的冰山之外，沒有任何的血肉，就剩他們兩個了。在那次撞擊中，諾尼失去了他的雪橇、食物、皮衣、甚至尖刀。他只救起了心愛的獵犬——尼奴克。如今，一人一狗被困在冰島上，維持著一定的距離，虎視眈眈的注視著對方。諾尼以往對尼奴克的寵愛是絕對真實的，真實得如同此刻的飢餓、夜晚的蝕寒以及那隻受傷的腳上咬嚙著的痛苦。然而家鄉的人在荒年不也屠殺他們的狗來果腹嗎？不是嗎？他們甚至想都不想一下就做了。

　　他告訴自己，當飢餓到了盡頭一定得要覓食，「我們二者之中注定要有一個被對方殘殺，」諾尼想，「所以……」他無法徒手撲殺那隻狗。尼奴克凶悍有力遠勝於

他。此刻，他急需要一件武器。脫下手套，他把腿上的繃帶拆下來。幾個星期前，他傷了自己的腿，而用一些繩索和三片鐵板綁成了繃帶。他跪在地上，把一片鐵板插入冰地的細縫裡，並且使勁的用另一片鐵在上面摩擦。尼奴克聚精會神的看著他。諾尼彷彿感覺到那炯炯的眼神發出愈益熾烈的光芒。他繼續工作，企圖使自己忘記它的目的。那片鐵板現在已經有一面的刃了，並且愈磨愈鋒利，太陽升起時他剛好完成了工作。諾尼將那把新磨的尖刀從冰地拔出來，用拇指撫拭著刀刃。太陽的光芒，從刀面反射過來，幾乎使他眼花目眩。諾尼把自己變得殘酷起來。

「這裡，尼奴克！」他輕輕的叫著。狗疑惑的看著他。

「過來，快！」諾尼喚著。尼奴克走近了一點。

諾尼在牠的眼神中看到恐懼。從牠沉滯的喘息和蹣跚、笨重的腳步可以得知牠的飢餓和痛楚。他的內心開始哭泣了。他痛恨自己，但又不得不狠下心來。尼奴克愈來愈近了，保持著警戒。諾尼感到喉間一股濃重的呼吸，他看出牠那兩隻眼睛好似兩股痛苦哀怨的井泉。現在，就是現在！快攻擊牠！諾尼跪倒在地上的身體因一陣激烈的哽咽而顫抖著。他唾罵著那把尖刀，把它瘋狂的往遠處擲去。

他空著雙手，顛簸的向狗爬去，終於倒在雪地裡。狗發出凶獰的咆哮，環繞著他的身邊走動。

諾尼現在充滿了恐懼。擲出那把刀子以後，他變成毫無防備，他已虛弱得毫無反抗的力氣。他的性命就好像懸在尼奴克面前的一塊肉，而牠的眼中充滿飢餓的眼神。狗繞著他徘徊，並且開始從後面匍匐前進。諾尼聽到那飢餓的喉頭發出咕嚕咕嚕的唾液聲音。他閉上眼睛，祈求著這次的攻擊不要太痛苦，他感覺到牠的爪子踏上他的腿，尼奴克溫熱的喘息逼近他的頸子，一股強烈的氣流聚集在他的喉頭。然後，他感覺到一條熱熱的舌頭輕輕的舔著他。諾尼睜開眼睛，懷疑的注視著牠。他伸出一隻手臂把狗和自己緊緊的抱在一起，悲傷的開始嗚嗚哭泣……

一小時之後，一架飛機從南方起飛，上頭的一位年輕駕駛員沿著海岸巡邏，他往下注視著那片漂流的浮冰，在冰山的正上方盤旋，看到一道刺眼的閃光。那是陽光在某件物體上反射的光芒。他的好奇心漸漸升起，便降低了高度，沿著冰山盤旋。他發現在冰山的陰影之中有一堆黑色的影子，那個輪廓看起來似乎是人類，而且在影子之中彷彿還分成兩個。他把飛機降落在水邊，開始巡查，發現了

那兩個影子：一個人和一條狗。男孩已經昏迷不醒，但還活著；那隻狗嗚嗚的在一旁哀鳴，已經虛弱得不能移動了。至於那道引起駕駛員注意的光芒，就是那把磨得雪亮的尖刀。它挺直的插在不遠的雪地上，在風中微微的顫抖著……

| 作者簡介 |

休・卡夫，美國作家。

| 悅讀分饗 |

諾尼當初遇難時，什麼東西都拋下，選擇救了自己的愛犬。在那次的撞擊中，諾尼失去了他的雪橇、食物、皮衣，甚至他的尖刀。他只救起他的愛犬——尼奴克。然而在生存的欲望之下，他的念頭開始改變，不斷以邪惡的念頭說服自己。

諾尼對以往尼奴克的寵愛是絕對真實的，真實得如同

此刻的飢餓。然而家鄉的人在荒年不也屠殺他們的狗來果腹嗎？

尼奴克思想較單純，僅僅反映出危機的恐懼。碰見危機時眼神恐懼而警戒。危機解除時則回復成忠犬的身分。最後守著昏迷的主人，而得到救援。由此可見人的思考和動物思考的不同，情感亦有差異。

全篇使用主角（諾尼）的觀點，對於狗的舉動亦使用主角觀點進行。純粹使用人類觀點進行故事，代表狗的行動和動機也受到了人類思維的扭曲。人都是用自己的觀點看待外面的世界。

兩者間的祕密

〔加拿大〕 洛·卡里埃

　　加拿大的蒙特利爾是個很大的城市。沒有人比皮爾·
杜邦更熟悉這座城市的普林斯愛德華街，他在這條街上給
住戶送牛奶已經有三十年了。

　　在過去十五年中，有一匹大白馬為他拉牛奶車。皮爾
被告知可以使用這匹馬時，他用手溫柔而憐愛的撫摸著馬
的脖頸和側腹。

　　「這是一匹溫順的馬，」皮爾說，「我能看出牠的眼
睛裡閃耀出美好的靈氣。我要以聖·約瑟替它命名，因為
他也是一位溫和而且具有美麗靈魂的人。」

　　大約一年以後，約瑟就認得每戶訂牛奶的人家，以及
不訂的每一家。

　　每天早晨五點，皮爾到達牛奶公司的馬棚，他會看到
他的送貨車上已經裝滿了奶瓶，而且約瑟已經在等他了。

皮爾會向牠打招呼：「早啊，老朋友！」然後就攀上座位，這時約瑟也會回頭望著他。

其他的車夫都笑了，他們說馬在對皮爾微笑呢。

當皮爾輕輕喚著約瑟說：「走，朋友。」然後他倆就很神氣的走上街道了。皮爾不用駕馭，馬車自然會駛過三條街，接著右轉走過兩條街，再左轉走入聖凱薩林街。最後馬車會在普林斯愛德華街的第一棟房子前停下來，在那裡，約瑟約等半分鐘，讓皮爾下車，並在門前放一瓶牛奶。然後馬車會走過隔壁兩家，在第三家停下來。接著用不著出聲，約瑟會轉頭沿街道的另一邊走。約瑟是匹機靈的馬，從來不出錯。

皮爾會講一些約瑟的事。「我從來不碰一下馬韁，牠非常清楚要停在哪裡。只要約瑟拉車，一個瞎子都能送我的牛奶。」

就這樣過了好幾年，皮爾和約瑟一起慢慢變老。皮爾的鬍子白了，約瑟的膝蓋也抬不高，腿都走不快了。一天早上，皮爾拄著一根枴杖來上班。

「喂，皮爾，」馬棚的工頭賈克笑著對他說，「你是不是患了痛風症？」

「唉，賈克，」皮爾說，「人老了，腿也累了。」

「你應該教教馬替你把牛奶送到訂戶家去。」賈克說。

那匹馬認得普林斯愛德華街上四十家的牛奶訂戶。每家的廚子都知道皮爾不識字，也不會寫字，所以當他們需要多送一瓶來時，他們不把訂單放在空奶瓶中，而是大聲的說：「皮爾，明天早上請多送一瓶來。」當他們聽到皮爾的馬從街上轆轆的駛過來時，他們經常這樣唱歌似的說著。

「是不是今天晚上有客人來吃飯呀？」皮爾也經常這樣愉快的回答道。

當回到馬棚時，他總會記著告訴賈克：「今天早上給伯昆家多送了一瓶，雷莫茵家買了一瓶脫奶油……」

大部分的車夫必須每週填帳單和收貨款，但是賈克喜歡皮爾，所以從不叫他做這些事。皮爾必須做的就是每天早上五點鐘到達，然後走到停在固定位置的馬車旁，和約瑟一起去送牛奶。大約兩個鐘頭後他會回來，從車上下來向賈克愉快的說聲「再見」，然後轉身慢慢的離開。

有一天，牛奶公司的總經理視察清早送牛奶的情形。賈克指著皮爾說：「你看看他怎麼跟那匹馬說話，看看馬

怎樣聽他的話，還有怎樣把頭轉向皮爾？你看到那匹馬的眼神嗎？我覺得，他們之間一定有祕密存在。我常常想，當他們離開時，他們兩個也許會取笑我們。總經理，皮爾是個好人，但是他老了。也許他應該退休了，而且應該有一點養老金。」

「當然應該啊，」總經理笑了，「我了解皮爾的工作，他做這個工作已經三十年了。認識他的人都喜歡他。你跟他說，他應該退休了。他會像以前一樣，每週還可以領到薪水。」

但是皮爾不肯離開他的工作。他說如果不能每天駕著約瑟，他的生活就失去意義了。「我們是兩個老傢伙，」他對賈克說，「讓我們一起老吧。當約瑟要走時，那麼我也會走。」

皮爾和他的馬有某些事會教人親切的笑笑。他們似乎可以從對方那兒獲得一些祕密的力量。當皮爾坐在約瑟拉的馬車座位上時，兩個看來似乎都還不老。但是當他們工作做完後——那時皮爾一拐一拐的走向街道，看上去才真的很老了，而馬則垂下頭慢吞吞的走回牠的馬棚。

一個寒冷的早晨，賈克給皮爾帶來可怕的消息。這時

天色還很暗，空氣冰冷，夜裡下過雪了。

賈克說：「皮爾，你的約瑟沒醒過來。牠太老了。牠二十五歲了，這大約是人類的七十五歲吧。」

「沒錯，」皮爾慢慢的說，「我已七十五歲，我再也看不到約瑟了。」

「你當然能夠啊，」賈克溫和的說，「牠在馬棚裡，看來十分安詳。過去看看牠吧。」

皮爾向前跨了一步，然後又轉回來：「不……不……你不了解，賈克。」

賈克拍拍他的肩膀。「我們會另外找一匹與約瑟一樣好的馬。只要在一個月內就可以把牠教得跟約瑟一樣去認識所有的訂戶。我們會……」

皮爾的眼神使他住口了。那雙眼睛裡有某種令他吃驚的氣色，死氣沉沉的，沒有一點兒生氣。

「今天休息好了，皮爾。」賈克說，然而皮爾已經一拐一拐的走到街上了。皮爾走到轉角處，然後再步入街道上。一部大卡車的司機發出警告的吆喝……然後是卡車緊急煞車時輪胎摩擦的尖銳聲。但是皮爾一點兒也沒有聽到。

　　五分鐘後，一個醫生說：「他死了……當場死亡。」

　　「我沒辦法呀，」卡車司機說，「他就走在我車子前頭。我想他一定沒有注意。唉，他走路就像瞎子一樣。」

　　醫生彎下身子。「瞎子？這個人當然是瞎子！看到那些腫瘍沒有？這個人已經瞎了五年了。」他轉向賈克，「你說他在替你們工作？你不知道他瞎了嗎？」

　　「不知道……不知道……」賈克溫聲說道，「我們沒有人知道。只有一個……只有一個知道──他的朋友，叫約瑟……那是一個祕密，我認為，只有他們兩個知道。」

| 作者簡介 |
洛・卡里埃，加拿大作家。

悅讀分饗

　　故事簡單，但讀完後，讀者往往會忍不住掩卷嘆息，人世間竟然會有人與動物能如此契合。皮爾挨家挨戶送牛奶已經三十年了，幫他拉牛奶車的大白馬也有十五年之久。二者相濡以沫，彼此憐愛對方，默默合作，在固定不變的路線行走。老馬老死，皮爾整個人都垮了，傷心欲絕的走入街道，慘遭卡車撞死，這才揭開他已瞎了五年之久。故事結尾讓讀者一掬同情之淚，也感佩大白馬的忠心耿耿。

大汗和他的鷹

〔美國〕　詹姆士‧鮑德溫

　　成吉思汗是一位偉大的帝王和戰士。他帶領他的軍隊進入中國和波斯，征服了許多地方。在每一個國家，人們都談論著他的英勇事蹟，他們說，自從亞歷山大大帝以來，就沒有一個帝王像他那樣。

　　一天早上，當他自戰場歸來時，他騎馬進入樹林，想去打獵。許多朋友和他在一起，他們帶著弓和箭，暢快的奔馳，跟隨在後面的是僕人和獵犬。

　　那是一個快樂的狩獵聚會。他們的呼叫聲和歡笑聲響遍樹林。他們希望在傍晚時能夠帶許多獵物回家。

　　大汗的手腕上，坐著他所喜愛的一隻鷹，因為在那個時候，鷹被訓練來狩獵。只要一聽到主人的命令，牠們就會高高的飛入空中，四處尋找獵物。若是看見一隻鹿或一隻兔子，牠們就會急速的俯衝而下，像箭那樣，然後抓住

那隻動物。

這一整天，成吉思汗和他的獵人朋友們都在林中奔馳，但是他們看到的獵物不如期望的那麼多。

傍晚時，他們準備回家了，成吉思汗以前常常騎馬來到這個樹林，他知道村中的每一條路徑。因此，雖然其餘的人都抄近路回家，他卻選擇一條穿過兩山之間的遠路。

那一天很熱，大汗覺得很渴。他的寵鷹已經離開他的手腕，飛走了。牠必然會找到回家的路。

大汗慢慢的前進，他曾在這一條路附近看過一道清澈的水源，他真希望現在能夠找到這道水泉，但是炎熱的夏日使得所有山中的小溪都枯了。

最後，他欣喜萬分的看到一些水從一塊岩石的邊緣滴流下來。他知道岩石上面一定有一道水泉。在多雨的季節，水總是會從那兒奔流而下；但是現在，水只能一滴一滴的落下來。

大汗跳下他的馬，從他的狩獵袋裡拿出一隻小小的銀盃，然後以這只杯子接著慢慢滴下的水。

讓杯子的水滿起來需要花很長的時間，但是大汗很渴，所以幾乎等不下去。最後，水幾乎滿了，他將杯子拿

到嘴邊，就要喝。

突然之間，空中傳來一陣颼颼的聲音，然後，杯子從他手裡被擊落，掉到地上，杯裡的水全都濺出來了。

大汗抬頭看，想知道是誰做的好事。他看到了他的寵鷹。那隻鷹來回飛了幾次，然後棲息在泉水旁的岩石之間。大汗拾起杯子，又拿它去接一滴一滴落下來的水。

這一次他沒有等太久。杯子半滿時，便將它拿到嘴邊，但是在杯子碰到他的嘴脣之前，那隻鷹又俯衝而下，將他手中的杯子弄倒。

現在大汗開始不高興了。他又試一次，但是這一次，那隻鷹仍然不讓他喝水。

大汗眞的是非常生氣了。

「你哪來的膽子敢這麼做？」他大叫，「如果你在我手中，我會扭斷你的脖子！」

然後，他又拿杯子去接水。但是在他喝水之前，他拔出了他的劍。

「現在，我警告你，」他說，「這是最後一次了。」

他話一說完，那隻鷹便又衝下來，將他手中的杯子擊掉！但是大汗就是在等這一刻。他拿劍接連一揮，刺中了

那隻鷹。

下一刻，那隻可憐的鷹已躺在牠主人的腳下，流著血，奄奄一息。「你是自作自受！」成吉思汗說。

但是，當他去找他的杯子時，他發現杯子掉在他搆不著的兩塊岩石之間。

「無論如何，我一定要喝到這泉水。」他對自己說。

於是，他開始爬上陡峭的土堤，想找到水的源頭。那是一件辛苦的事，而且他愈爬愈覺得口渴。

最後，他來到了那個地方。那兒的確有一池水；但是，就在池裡，而且幾乎占滿池子的，是什麼東西？是一條死去的、毒性極強的巨蛇。

大汗停下來，已經忘了口渴，現在他只想到躺在下面的那隻死去的、可憐的鷹。

「是那隻鷹救了我的生命！」他哭著說，「但我用什麼回報牠？牠是我最好的朋友，而我卻殺了牠。」

他爬下土堤，輕輕的捧起那隻鷹，將牠放入狩獵袋裡，然後，他躍上馬，飛奔回家。他對自己說：

「今日我學習到了一個慘痛的教訓，那就是：絕不在生氣時做任何事情。」

| 作者簡介 |

詹姆士·鮑德溫（James Baldwin, 1841-1925）美國編輯與
作家。除了編輯教科書外，他自己也寫書，作品超過五十
冊，如《泰西故事 30 篇》、《泰西故事 50 篇》。

| 悅讀分饗 |

　　鷹是屬於大汗的，所以在這關係中大汗是握有權力者，
他可以選擇殺或不殺鷹，鷹都沒有辦法拒絕、反抗或是離
去；由於鷹與大汗間有主從關係，因此我們可以了解到大
汗是該篇文章中的權力象徵。

　　大汗無法像鷹一般擁有鳥瞰視野，在該故事中大汗只
能以有限的視野去理解世界，而鷹能掌握更多更好的視野，
隱喻著大汗即便受人敬重、人民愛戴，但始終不是萬能，
仍會因有限的因素而誤判。

　　如何從自己的錯誤中，領悟出「也許武器並不是真正
會傷人的，而真正傷人的往往是其他的東西」，這也是閱
讀這篇作品的另一種收穫。

親情可貴

那是一個以愛連結的小天地，
是流浪者的安憩所，是心靈的寄託處；
在那方屋簷下，相互依戀，憂歡與共，
因為我們的血脈中，早已彼此擁有。

新月組曲

〔印度〕 泰戈爾

金色花

假如我變成了一朵「金色花」，只為了好玩兒，長在那樹的高枝上，歡笑著在風中搖擺，又在新生的樹葉上跳舞。媽媽，你會認得我嗎？

你要是叫道：「孩子，你在哪裡呀？」我暗暗的在那裡匿笑，卻一聲兒不響。

我要悄悄的開放花瓣兒，看著你工作。

當你沐浴後，溼髮披在兩肩，穿過「金色花」的林蔭，走到你做禱告的小庭院時，你會嗅到這花的香氣，卻不知道這香氣是從我身上來的。

當你吃過中飯，坐在窗前讀《羅摩衍那》，那棵樹的陰影落在你的頭髮與膝上時，我便要投我小小的影子在你的書頁上，正好投在你所讀的地方，但是你會猜得出這就

是你孩子的小影子嗎？

當你黃昏時拿了燈到牛棚裡去，我便要突然的落到地上來，又成了你的孩子，求你講故事給我聽。

「你到哪裡去了，你這壞孩子？」

「我不告訴你，媽媽。」這就是你同我那時所要說的話了。

雨天

烏雲很快的集攏在森林黝黑的邊緣上。

「孩子，不要出去呀！」

湖邊的一行棕櫚樹，向冥暗的天空撞著頭；羽毛零亂的烏鴉，靜悄悄的棲在「羅望子」的枝上。河的東岸正被烏沉沉的暝色所侵襲，我們的牛繫在籬笆上，高聲哞叫。

「孩子，在這裡等著，等我先把牛牽進牛棚裡去。」

許多人都擠在池水泛溢的田間，捉那從泛溢的池中逃出來的魚兒。雨水成了小河，流過狹巷，好像一個嬉笑的孩子從他媽媽那裡跑開，故意要惱她一樣。

聽呀，有人在淺灘上喊船夫呢。

「孩子，天色冥暗了，渡頭的擺渡船已經停了。」

天空好像是在滂沱的雨上快跑著，河裡的水喧囂而且暴躁，婦人們早已拿著汲滿了水的水罐，從恒河畔匆匆的回家了。

夜裡用的燈，一定要預備好。

「孩子，不要出去呀！」

到市場去的大道已沒有人走，到河邊去的小路又溼又滑。風在竹林裡咆哮著，掙扎著，好像一隻落在網中的野獸。

告別

是我走的時候了。媽媽，我走了。

當清寂的黎明，你在幽暗中伸出雙臂，要抱你睡在床上的孩子時，我要說道：「孩子不在那裡呀！」──媽媽，我走了。

我要變成一股清風撫摸著你；我要變成水中的漣漪，當你沐浴時，把你吻了又吻。

大風之夜，當雨點在樹葉中淅瀝時，你在床上，會聽見我的微語，當電光從開著的窗口閃進你的屋裡時，我的笑聲也偕了它一同閃進。

　　如果你醒著躺在床上，想你的孩子直到深夜，我將會在星空為你唱道：「睡呀，媽媽，睡呀。」

　　我要乘著各處遊蕩的月光，偷偷的來到你的床上，趁你睡著時，躺在你的胸上。

　　我要變成一個夢兒，從你眼皮的微縫中，鑽到你睡眠的深處，當你醒來吃驚的四望時，我便如閃耀的螢火蟲熠熠的向暗中飛去了。

　　當普耶大祭日，鄰家的孩子們來屋裡遊玩時，我便要融化在笛聲裡，整日在你心頭縈繞。

　　親愛的阿姨帶了普耶禮來，問道：「我們的孩子在哪裡，姊姊？」媽媽，你將柔聲的告訴她：「他呀，他現在是在我的眼眸裡，他現在是在我的身體裡，在我的靈魂裡。」

榕樹

　　喂，你，站在池邊的蓬頭的榕樹，你可曾忘記了那小小的孩子，就像那在你的枝上築巢又離開了你的鳥兒似的孩子？

　　你不記得他怎樣坐在窗前，詫異的望著你深入地下糾

纏的樹根了嗎？

　　婦人們常到池邊，汲了滿罐的水去，你的大黑影便在水面上搖動，好像睡著的人掙扎著要醒來似的。

　　日光在微波上跳舞，好像不停不息的小梭在織著金色的花氈。

　　兩隻鴨子挨著蘆葦，在蘆葦影子上游來游去。孩子靜靜的坐在那裡想著。

　　他想做風，吹過你的蕭蕭的枝椏；想做你的影子，在水面上，隨了日光而俱長；想做一隻鳥兒，棲息在你的最高枝上；還想做那兩隻鴨，在蘆葦與陰影中間游來游去。

| 作者簡介 |

羅賓德拉納特·泰戈爾（Rabindranath Tagore, 1861-1941），印度詩人、哲學家和反現代民族主義者。1913 年獲得諾貝爾文學獎，是第一位榮獲諾貝爾文學獎的亞洲人。在世界其他國家，泰戈爾通常被視為一位詩人，而很少被看做一位哲學家，但在印度這兩者往往是相同的。在他的詩中含有深刻的宗教和哲學的見解。對泰戈爾來說，他的詩是他奉獻給神的禮物，而他自己是神的求婚者。他的詩在印度享有史詩的地位。他在許多印度教徒的心目中也是一位聖人。

▍悅讀分饗▍

　　這四則散文選自《新月集》。《新月集》是泰戈爾在二十三歲結婚及有了孩子以後的一段時期所寫的作品，歌頌了深摯幽婉的母愛，充滿著天真的童趣。這一主題思想，在節選的四則短文中也充分了體現。

　　〈金色花〉寫一個天真頑皮的孩子想像自己變成一朵金色花與母親嬉戲的情景。孩子的想像正是他們母子日常生活情景的反映。透過這些想像，我們感覺到母子間和諧純真的感情。

　　〈雨天〉表現出母親對孩子真切的關心和愛護。大雨要來了，大雨在下著了，母親一再囑咐孩子不要出去。她向孩子描述大雨來臨前及雨中的情景，描摹得何等真切，雨中的田野、街巷、天空、樹木、河流、渡口、雲層、暮色、小路、夜風，各色的雨景，歷歷在目。從中我們可以看出作者高超的寫作本領。

　　〈告別〉寫離別時孩子對母親的眷戀之情。因為不捨，所以想要化做清風、水中的漣漪、一個夢兒、笛聲，時刻伴在母親的左右。作者把感情幻化成種種奇妙而鮮明的形

象，使人讀了倍感親切。

　　〈榕樹〉寫一個孩子面對一株高大的榕樹時產生的幻想。文中描畫了孩子目光中這株榕樹及與它身旁的水池構成的美麗圖畫。從中，我們可以讀出作者對美好童年的懷念，而文中頗具包容性的榕樹也象徵著寬容溫婉的母親。

　　泰戈爾的作品音韻諧美，富於旋律感，具有獨特的民族風格，細細閱讀必可用心體會。

送你一束蒲公英

〔美國〕 蘇珊・查森

　　在我生長的那個小鎮，學校離家只有步行十分鐘的路。每天中午，母親們大多做好了午飯，等孩子們放學回家。

　　那時，我並不認爲這是一種奢侈的享受，儘管現在看來確是如此。我想當然的認爲，母親應該爲我做三明治、欣賞我的手工畫和督促我做作業。我從未想過母親這個曾有職業、有抱負、知識水準高的女性，在我出生之後，怎麼會把每天的時間都消磨在我身上。

　　每當中午放學鈴聲一響，我便上氣不接下氣的衝回家，母親肯定站在家門口最上面的一級臺階上等著我，就好像我是她心中最重要的事。年幼無知的我卻從沒有因擁有這份深厚的母愛而對母親存有感激之情。

　　在我三年級的一天中午，我告訴母親，我被挑選在一

部戲裡演公主。在以後的幾週，母親總是不辭辛苦的幫我排練、記臺詞。儘管在家裡排練時我已經把那些臺詞說得非常流利了，可是一走上舞臺，我又忘得一乾二淨。

沒辦法，老師把我從劇組裡挑出來，讓我擔任旁白者的角色。儘管老師在向我解釋時語氣非常溫和，但我仍感到陣陣的心痛，特別是看到「公主」由另一個小姑娘扮演時，我的心被深深的刺痛了。

中午回家後，我沒把這事告訴母親，但她看出了我的不安，沒像往常那樣說要幫我排練，她只要讓我跟她到屋後的園子裡去走走。

那是個宜人的春日，玫瑰花的葉子已經綠了，葡萄架上爬滿了返青的藤條。大榆樹下，滿地綻放著一叢叢黃色的蒲公英，遠遠看去，就像一位美術大師在我們的視野裡輕抹了一層金黃色。

我看到母親彎下腰，隨手拔起一叢蒲公英說：

「我想把這些雜草都拔掉，只留下玫瑰。」

「我喜歡蒲公英！這園裡所有的花草都很美，即使是這些普通的蒲公英。」我嚷道。

母親神情凝重的望著我，意味深長的說：

　　「是啊，每一種花都有它的出眾之處，也正是如此，才給人們帶來不同的歡樂。」我點點頭，心裡正為自己說服了母親感到高興。

　　接著母親又說：

　　「對人來講也是這個道理，並不是每個人都能成為『公主』，但這並沒什麼值得羞愧的。」

　　我想母親大概猜到了我心中的隱痛，於是，我向她哭訴了學校裡發生的一切，她安詳的笑著，仔細聽我訴說。

　　「我想你會成為一個出色的旁白者。你大概沒忘，以前你很喜歡朗讀故事給我聽，而旁白者的角色和『公主』一樣重要。」

　　在母親的鼓勵下，我漸漸對扮演旁白者這個角色感到自豪。中午放學後的大部分時間，都在我和母親反覆朗讀我的臺詞，以及和母親談論演出時的裝束中度過。

　　正式演出的那晚，我在後臺感到緊張極了。演出開始的前幾分鐘，老師走過來對我說：「你母親讓我把這個交給你。」說著遞給我一束蒲公英。儘管花已有點蔫了，有些已從花稈上飄落。

　　然而看到這花，我明白母親就坐在臺下，我頓覺自信。

　　演出結束後，我把這束蒲公英帶回家。母親把它小心翼翼的夾在一本辭典裡。

　　現在，每當夜深人靜時，在柔柔、昏黃的燈光下，我常回想起小時候和母親一起度過的那些時光。儘管對整個人生來說是很短暫的，然而，從那些日復一日簡單重複的生活，以及生活中發生的那些看來似乎尋常的小事中，我感到了深深的母愛，也悟出：愛——首先而且主要體現在一些極微小的事情上。

　　我工作後，有天中午母親來看我，我請了半天假陪她吃午飯。中午的餐館十分忙亂，坐在許多匆忙吃飯的人當中，我問了已退休的母親：

　　「媽媽，我小時候你一直忙著操持家務，一定覺得厭煩了吧？」

　　「煩？是啊，做家務是讓人厭煩，可你卻永不讓我厭煩！」母親緩緩答道。

　　對她的回答我並不十分相信，於是我進一步說：

　　「照顧孩子肯定不會像從事一項職業一樣能給人成就感。」

　　「職業的確能帶來成就感，我很高興我曾經有過職

業。它就像一個吹起的氣球，你只有不停的打氣，才能使它一直膨脹。而一個孩子卻像一粒種子，你給它澆水，精心照看，它就會自己長成一朵漂亮的花。」

聽到這裡，小時候和母親坐在餐桌旁的情景好像又浮現在我的眼前。我突然明白了，為什麼我一直保留著夾在那本舊辭典的那朵已壓成薄片、變成深黃色的蒲公英。

| 作者簡介 |
蘇珊‧查森，美國作家。

▎悅讀分饗 ▎

　　從扮演「公主」的角色變成只能在一旁唸臺詞的「旁白者」，宛如自天上宮闕跌落在凡世人間一般，其失落感人人都能感同身受。文中的「我」當然無法接受，更談不上調適，但慈愛的母親卻能適時給予安慰：「每一種花都有它的出眾之處，也正是如此，才給人們帶來不同的歡樂……對人來講也是這個道理，並不是每個人都能成為『公主』……」

　　演出前，「我」緊張萬分，母親送來的蒲公英同樣及時撫平了「我」不安的心情，恢復自信。

　　溫柔體貼的母親加上善解人意的孩子，構成一篇動人的小故事。

媽媽的存款簿

〔美國〕 凱薩琳・福伯斯

每個星期六晚上，媽媽都會坐在桌前，皺著眉頭數著爸爸工資袋裡的那點錢。

「這是付給房東的。」「這是付給副食商店的。」「凱瑞恩的鞋要釘個鞋掌。」媽媽嘴裡叨念著，把錢分成好幾摞，我們眼看著剩下的錢愈來愈少。最後，媽媽會抬起頭笑一笑說：「還剩下些，這就用不著上銀行取錢了。」

媽媽在銀行裡有存款，這是件了不起的事，我們都引以為榮。我們認識的人當中還沒有一個在城裡的銀行有存款。我忘不了住在街那頭的簡森一家因繳不起房租被掃地出門的情景，當時我感到非常害怕，怕我們家也會面臨同樣的遭遇。好在小妹走過來抓住我的手說：「我們銀行裡有存款。」我馬上覺得又能喘氣了。

哥哥中學畢業後想上商學院。於是全家聚到桌前，我

把那只漆著鮮豔顏色的盒子拿出來，小心翼翼的放在媽媽面前。這是我們的「小銀行」，它和城裡大銀行的不同之處在於有急需時可以用這裡面的錢。

哥哥把上大學的各類開銷列了一張清單，媽媽對著清單看了好一會兒，然後把小銀行裡的錢全拿出來，可還是不夠。媽媽閉緊了嘴脣，輕聲說：「最好不要動用大銀行裡的錢。」

我們一致同意。哥哥提出：「夏天我到副食商店去打工。」爸爸說：「我戒菸。」我說：「我每個星期五晚上到桑德曼家去照顧小孩。」當我看到幾個小妹妹的神情時，又加了一句：「她們和我一起去。」又一次避免動用媽媽的銀行存款，我們心裡覺得很踏實。

即使在罷工期間，我們全家也一起找打工機會，使得去大銀行取錢的事一再拖延。那段時間，媽媽到麵包店去幫忙，得到的報酬是一大袋發黴的麵包和咖啡蛋糕。爸爸每天晚上到乳製品公司刷瓶子。老闆給他三公升鮮奶，還有發酸的牛奶隨他拿。媽媽把酸了的奶做成乳酪。罷工結束後，爸爸又去上工。那天媽媽的背似乎比平時直了一點。她自豪的環顧我們大家，說：「太好了，怎麼樣？我們又

頂住了，沒上大銀行取錢。」

後來，我們都長大了，有了自己的工作。我的第一篇小說被一家雜誌接受了。收到支票的那天，我急忙跑回家，把支票放在媽媽的膝蓋上說：「這是給你的，放在你的存摺上。」

媽媽把支票拿在手裡捏了一會兒，說：「好。」眼睛裡透著驕傲的神色。

我說：「明天，你一定得拿到銀行去。」

「你和我一起去好嗎，凱薩琳？」

「我不用去，媽媽。你瞧，我已經簽上字把它落到你的戶頭上。只要交給銀行營業員，他就存到你的帳上了。」

媽媽抬起頭看著我，嘴角掛著一絲微笑。「哪有什麼存款。」她說：「我這輩子從沒進過銀行的大門。」

| 作者簡介 |

凱薩琳·福伯斯（Kathryn Forbes, 1908-1966），本名為 Kathryn Anderson McLean，美國作家。

| 悦讀分饗 |

　　媽媽的「銀行存款」是這篇小說的線索。小說講述了一個「善意的欺騙」的故事，「我」的家生活拮据，媽媽卻一直騙家人說在銀行有存款。小說中的媽媽在生活上的勤勞節儉、精打細算深深影響著家裡的每一個人，哥哥中學畢業後就開始到副食店打工賺錢，爸爸也把菸戒了，「我」和其他姊妹到桑德曼家去照顧小孩。

　　小說的故事情節很簡單，但布局精巧，小說結尾出人意料，媽媽的話解開了「我」心中的疑惑，也讓讀者知道了真相。「父親」雖沉默寡言，卻是家中的頂梁柱，他對每一個孩子都充滿關愛，辛勞一生，改變了全家人的生活狀況。

　　小說綜合運用了語言、外貌、心理、細節等描寫手法，成功的塑造了「媽媽」這一人物形象，彰顯主人公一家「團結」、「樂觀」、「奮鬥」、「拼搏」的精神。

言而有信

佚名

英國政治家福克斯（Charles James Fox, 1749-1806）以其言而有信著稱。他的父親是一名正統的英國人，曾給小福克斯上了生動的一課，使他幼小的心中留下一個不可磨滅的印象。

十八世紀，富有的英國紳士的住宅都座落在漂亮的花園內，福克斯家的花園裡有一座舊亭子，他的父親想把它拆除，並在較為開闊的另一頭新建一座。小福克斯從寄宿學校回家度假，正巧趕上工人在拆遷亭子。孩子當然很想親眼看一看亭子是怎樣拆除的，所以他打算遲些天返校。父親卻要他準時到校上課，為此父子間頗有嫌隙。母親如同大多數母親那樣，在旁替小福克斯說項。末了，父親答應將亭子的拆遷推遲到來年假期。於是小福克斯就離家返

校了。

　　父親想，兒子在學校裡忙著上課，慢慢就會忘掉這事。於是，兒子一走，他就讓人把亭子拆了，在另一處蓋了一座新的。誰想到兒子卻一直把這件事記在心上。下一個假期來了，小福克斯一回家就朝舊亭子走去。早餐時，他鬱鬱不樂的對父親說：「你說話不算數！」年邁的英國紳士聽後大為震驚，嚴肅的說，「孩子，你說得對，我錯了，我就改。言而有信比財富更重要。縱有萬貫家產，也不能抵消食言給心靈帶來的汙點。」說罷，父親就教人在原地蓋起一座亭子，再當著孩子的面將其拆除……

┃悅讀分饗┃

　　故事雖然簡單，含意卻頗為深刻。其實，故事中小福克斯的父親關於「推遲拆遷亭子」的允諾只是隨口說說而已，一來他覺得孩子年幼，只要能「哄」他回校上課就行；二來以為「兒子忙著上課，慢慢就會忘掉這事」。他沒有

想到小福克斯居然如此認真，居然要用父親的實際行動來驗證父親的親口允諾是否「言而有信」。而這位深諳教子之方、懂得言傳身教的父親，也確有其非同常人的可貴之處，他不僅從兒子的詰問中「大為震驚」，覺察到、反省到言而無信對孩子的不良影響；而且勇於自我批評，在兒子面前檢討自己，並進而闡發一番道理：「言而有信比財富更重要。縱有萬貫家產，也不能抵消食言給心靈帶來的汙點。」這位老紳士還說到做到，「教人在原地蓋起一座亭子，再當著孩子的面將其拆除」，從而兌現了當初對孩子的許諾。此舉固然有其機械、刻板的一面，但「言而有信」卻是它的精髓所在。難怪，這「生動的一課」給小福克斯留下了不可磨滅的印象，因此當他長大成人，成為「政治家福克斯」之後，便繼續了父親的傳統，「以其言而有信著稱」。政治家的「言而有信」關係到人民的信賴、國家的信譽，當然也就意義更為重大，影響更為深遠；而「言而有信比財富更重要」這句格言卻是適合於從平民百姓到國家元首的每個人的處世箴言和行為準則。

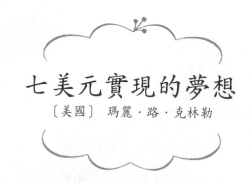

七美元實現的夢想

〔美國〕 瑪麗·路·克林勒

「誠徵：小提琴。不能付太多的錢。請與……」

為什麼偏偏會注意這條廣告？我不由的自問，因為我很難得看一次分類廣告。我把報紙擱在膝蓋上，閉上雙眼，回想起許多年前的事。那時正是大蕭條時期，我們家靠自己的農場維持生活。我也想要一把小提琴，但我們沒有更多的錢……

當我雙胞胎姊姊們開始對音樂感興趣時，哈里特·安娜學著彈奶奶的直立式鋼琴，蘇珊妮用爸爸的小提琴拉練習曲。簡單的曲調經過雙胞胎姊姊的多次彈奏，變成了美妙的音樂。隨著音樂的節奏，爸爸哼著旋律，媽媽吹起口哨，小弟弟滿屋子的跳，我只在一旁靜靜的聽著。

胳膊夠長了，我就試著拉蘇珊妮的小提琴。我最愛聽弓穩穩的從各弦拉出的圓潤的聲音。噢，我太想要一把琴

了。但我知道這是不可能的。

　　一天晚上，兩個姊姊在學校的樂隊裡演奏時，我緊閉雙眼，把這一切都深深的刻在腦海裡。我默默的發誓：總有一天我也要坐在裡面。

　　那一年太不景氣了，莊稼的收成並不像我們預計的那麼多。雖然生活還是很艱難，但我還是忍不住提出了要求：「爸，我能有自己的小提琴嗎？」

　　「你不能用蘇姍妮的嗎？」

　　「我也要進學校樂隊，我們倆不能同時用一把小提琴啊。」

　　爸爸看上去很為難。從那個晚上以後，很多個夜晚，我都聽見爸爸帶著我們全家虔誠的對上帝祈禱：

　　「……主啊！瑪麗‧路想要她自己的小提琴。」

　　一天晚上我們圍著桌子坐著，兩個姊姊和我做功課，媽媽在縫衣服，爸爸給住在哥倫布的一個朋友喬治‧費英克寫信。爸爸說費英克先生是一位小提琴家。爸爸邊寫邊大聲對媽媽念。幾個星期之後，我才知道，有一段爸爸沒念：「您能幫我為我的小女兒找一把小提琴嗎？我不能花很多錢。但她非常喜歡音樂，我們想讓她有自己的樂器。」

幾星期後，爸爸收到從哥倫布來的回信，他宣布：「我們要去哥倫布，住在愛麗絲姨媽家。只要找到看牲口的人，我們馬上就出發。」

那一天終於來到了。我們很順利的抵達愛麗絲姨媽家。剛一到，爸爸就去打電話。他放下電話後問我：「瑪麗‧路，妳願意和我一起去拜訪費英克先生嗎？」「當然。」我說。

爸爸把車開進一片住宅區。爸爸把車停在一幢漂亮的舊式房子前的車道上。我們登上臺階，按了門鈴。門開了，走出一位比爸爸高，也比爸爸老的先生。「請進。」他和爸爸熱情的握著手，相互寒暄。

「瑪麗‧路，我早就聽說你的事了。你爸爸會讓你大吃一驚的。」他帶我們走進客廳，拿出一個盒子，從盒裡取出一把小提琴，並開始演奏。動人的旋律如瀑布一般飛瀉而下，在客廳裡迴蕩。我暗想：噢，一定要拉得像他那樣。

樂曲結束了，他轉過頭對爸爸說：「卡爾，這把琴是我在一家當鋪，花七美元買的，這是一把好琴，瑪麗‧路可以用它奏出美妙的音樂。」說完，把琴遞給了我。

　　當我完全明白時，才注意到爸爸眼中的淚花。它是我的了，我輕輕的撫摩著它，「太漂亮了。」半天，我才說出一句話。

　　回到愛麗絲姨媽家，剛一進門，所有的眼睛都盯著我們。我看見爸爸向媽媽使了一個眼色，這時我才明白，全家人都知道這事。我相信，爸爸的祈禱和我的請求都得到回答了。

　　我帶著我的小提琴到學校上第一堂課，沒人會知道我的心激動得都快要跳出來了。接著幾個月的時間，我每天都練琴。柔和的琴身在我的頸下適宜的躺著，它就像是我身體的一部分。

　　終於可以進學校樂隊了，我真是興奮極了。穿著像華貴禮服般的白色樂隊制服，在小提琴組中，我坐在第三排。

　　學校上演了一場小歌劇，這是我的首場演出，我的心激烈的跳著。觀眾席擠滿了人。當我們調音時，觀眾席中不斷傳來嗡嗡的聲音。舞臺上的聚光燈打在我們身上。演出開始後，觀眾們安靜了。我覺得每一個觀眾都在注視我。爸爸媽媽看著他們的小女兒在大家讚賞的眼光下，拉著心愛的小提琴，他們的臉上都露出自豪的微笑。

　　轉眼又過了幾年，兩個姊姊畢業了，我成了第一把小提琴手。兩年後，我也畢業了，提著小提琴琴盒，步入社會，隨後上護士學校，結婚，在醫院上班，養育四個女兒。許多年過去了，我的小提琴時時刻刻都跟隨我們，我精心的保藏著它。一看到它，立刻就想到我仍是那麼喜歡它，總想馬上拉一拉。可是我的孩子們沒有一個留意過它。最後，她們一個個都結婚離家去……

　　我手裡拿著那份有需求廣告的報紙，極力讓自己回到現實。重新又看了那條廣告，是這條廣告讓我又回到了童年時代。我把報紙摺到一邊，自言自語道：「我得找出我的琴。」

　　在壁櫥的底部找到了琴盒，打開蓋子，從襯有玫瑰色天鵝絨的琴盒裡取出小提琴。我的手指輕輕的撫摸著金棕色的琴板，撥了撥琴弦，它美妙的音色絲毫沒變。我把弓撐緊，在馬尾毛上抹了一些松香。我的小提琴又開始唱歌了，那些熟悉的旋律始終縈繞在我的腦海中。拉了多長時間我忘了。我想起了爸爸，當我還是一個小女孩的時候，是他盡全力來滿足我的希望和要求，我將感謝他一輩子。

　　我把小提琴放回琴盒，拿起報紙走到電話旁，撥動了

號碼盤。

第二天，一輛老式汽車停在門前的車道上。一個三十幾歲的男人來敲門，他說：「我一直在祈禱能有人看到我的廣告，能給我回音。我女兒想小提琴都快要想瘋了。」

他仔細看了我的琴後，問道：「您要多少錢？」

我知道，對這把琴，任何一家樂器店都會給我一個好價錢。但聽見自己的回答卻是：「七美元。」

「您肯定嗎？」他問道。他的神色使我想起了爸爸。「七美元。」我重複說，又加了一句：「我希望您的小女兒能像我一樣喜歡這把小提琴。」

他走後，我關上門，從窗簾縫向外看，他的妻子和孩子們在車裡等他。車門突然打開了，一個小女孩跑出來。他爸爸把琴小心翼翼的遞給她。她緊緊抱住琴盒，然後跪在地上，急忙打開琴盒。她輕輕的摸著琴，琴就像黃昏時刻的陽光那樣通紅。蓋上琴盒後，那個女孩兒緊緊的摟住了微笑的父親。

| 作者簡介 |
瑪麗・路・克林勒，美國作家。

▎悅讀分饗 ▎

　　「推己及人」是這篇作品的主軸。作者從報上看到一則誠徵小提琴的小廣告，回想起當年如何爲擁有一把小提琴奮鬥的經過。在不景氣的年代裡，家中多把小提琴是種奢求。但作者爸爸透過老友的幫忙，還是滿足了作者的願望。沒想到她的四個女兒沒有一個對小提琴有興趣，終於在小廣告中幫它找到會善用並珍惜它的新主人。

　　故事溫馨感人，作者並未賣弄技巧，她以平鋪直敘的手法說了一個自己當年熱愛音樂的往事，簡單不過的故事卻含有動人的質素。作者對音樂的熱愛以及父親不動聲色的巧妙安排，使得故事的敘述更加流暢，引領讀者忍不住要一口氣讀完。

愛情是怎麼回事

為什麼她的一顰一笑，讓我心神蕩漾？
為什麼他晶亮的眼眸，讓我朝思暮想？
為什麼我感到甜蜜、酸澀又痛苦？
難道這就叫愛情？

我的愛人像朵紅紅的玫瑰

〔蘇格蘭〕　羅伯特・彭斯

啊，我的愛人像朵紅紅的玫瑰，

它在六月裡綻放，

啊，我的愛人像一支樂曲，

美妙的演奏起來。

你是那麼美，漂亮的姑娘，

我愛你那麼深切；

親愛的，我會永遠愛你，

直到四海枯竭。

親愛的，直到四海枯竭，

到太陽把岩石燒裂！

我會永遠愛你，親愛的

只要生命不絕。

我唯一的愛人，我向你告別，

我和你小別片刻；

我要回來的，親愛的，

即使萬里相隔！

| 作者簡介 |

羅伯特·彭斯（Robert Burns, 1759-1796），蘇格蘭詩人。從小熟悉蘇格蘭民謠和古老傳說，並曾搜集、整理民歌，所作詩歌受民歌影響，通俗流暢，便於吟唱，在民間廣為流傳，被認為是蘇格蘭的民族詩人。他的詩對鄉村生活傾注了自己由衷的讚美和熱愛。他從自己的民族文化傳統汲取靈感，在繼承前輩的基礎上，在詩歌的形式、主題、措辭和詩節等方面進行了大膽的革新，他最大的成就是用蘇格蘭方言創作的詩歌。

▎悅讀分饗 ▎

　　〈我的愛人像朵紅紅的玫瑰〉共分四個詩節。第一詩節使用了「玫瑰」這個詩歌中常見的意象，並用「紅紅的」來進一步修飾，藏了無盡韻味。「玫瑰」不僅象徵著青春、美麗和愛情的綻放，同時還是詩人現實中對美的渴望在想像中所能飛抵的最高境界和所能勾勒最完美的鏡像。

　　第二詩節蘊含了「愛」和「美」的內在關聯。詩人把激情的愛融進了對美的迷戀當中。「愛之深切」和「美之絢爛」緊緊的聯繫在一起，在某種意義上，「美即是愛」，「愛即是美」，在愛和美模糊的界限裡，在愛和美的交融裡，詩人既願分別擁有兩者，又企盼兩者渾然化為一體，沉醉其中而一生不醒，因此才會信誓旦旦「我會永遠愛你」，「直到四海枯竭」。

　　第三詩節首行重複了「四海枯竭」，第三行又重複了第二詩節裡的「我會永遠愛你，親愛的」，這既是一種抒情上的連貫和加強，又體現了民謠鬱美的音樂性和節奏感，讀來朗朗上口。寄託的情感是樸素真摯和恒久的。

　　最後一節寫到了別離。雖然詩人把這次離別稱為「小

別」，但還是掩藏不住胸中的悲戚。承諾就像那朵紅紅的玫瑰，縱然燃燒著火一般的愛戀，於瞬間激蕩生命的最強音，但就像易逝的夏天，只留下一抹嘆息在秋風裡飄零。無論多麼鮮豔，玫瑰總會凋謝，大海會枯竭，岩石也會腐爛，地球已經歷了太多的運動變遷，多年後曾經的信誓也已隨風而去，但那抹曾經令心弦顫動的「紅」則結晶成了一個印記，「紅紅的玫瑰」就像太陽永恆的照耀，在我們的視覺記憶裡長久的滯留，在我們靈魂深處繼續甜甜的微笑，歌唱，點綴記憶的芬芳。

　　全詩優美的樂音，舒緩的節奏，強烈的抒情，引發著人們對愛的永恆的遙想。

情書風波

〔墨西哥〕　亞・內爾沃

　　上午課間休息，教會學堂的校長走進男生群中，冷冰冰的說：「蘇亞雷斯，學監神父打電話叫你去。走吧！」我頓時慌了手腳。這是爲了孔恰，對，是爲了孔恰！

　　我慢吞吞的向對面的女校走去。教會學堂的男校、女校就像美麗村莊中兩個巨大的養蜂場並立一處。在男女生之間總是互相寄送著表露強烈的、也是轉瞬即逝的愛情詩篇。

　　孔恰有一頭金髮，一雙碧綠的眼睛。我給她寫了什麼？已經不記得了。我們在小教堂聽戒律彌撒時，她用含笑的目光對我表示了讚賞。我垂頭喪氣，誠惶誠恐的肅立在學監神父面前。孔恰也被帶來，她眼裡噙著比大海還深的淚水。我知道，這下我倆完蛋了！在死一般的寂靜中，突然，他咆哮起來：「這麼說，蘇亞雷斯先生曾勇敢的給

這位小姐寫了情書，大膽的求愛？」

他抖落著我給孔恰的信。

難堪的沉默……

「這麼說，孔恰小姐芳心默許，已經是你的未婚妻了？」

我的天！事情比我想的還可怕！孔恰禁不住大放悲聲，我也啜泣起來。無情的審判官惡狠狠的吼道：「只能這麼辦，我立刻舉行儀式，給你們證婚！」

他粗暴的搖起小銀鈴命人準備檀香，點燃香爐。孔恰頓足哀求：「不，教士、神父、學監！我再……再也不接男生的信了！我不願結婚啊……嗚……」

「神父，」我膽戰心驚的祈求，「我向你保證，以後我絕不給女生寫詩了。如果在學校裡結婚，我媽會氣死的。我不要結婚！」

好一陣沉默。不祥的檀香在繚繞……

神父的心似乎變軟了：「好吧，我不讓你倆結婚了，不過，你倆必須各挨六戒尺。」我們兩個罪人提心吊膽，不敢作聲，只好點頭表示同意。他舉起一根很長的、上面鑽著一百個小孔，掄起來嗖嗖響的戒尺對我的「未婚妻」

命令道：「把你的手伸出來，先打你！」孔恰抽噎著乖乖的伸出手。

此刻，在我心中打盹的唐·吉訶德從他的瘦馬上挺立起來，發出神聖的呼喊。「神父，」我堅決的請求，勇敢的跨上前，「請你打我十二戒尺，讓我承擔她的……」我用挑戰的目光盯著他，重複道：「請打我十二戒尺吧！」「我不反對，」他冷冷的說，「伸出雙手。」

寂靜的房間裡響起劈劈啪啪的戒尺聲。孔恰不再哭泣。她碧綠的大眼睛凝望著我，瞳仁裡激蕩著海洋一樣深不可測的東西，這是對我所受懲罰的嘉獎！當我倆由神父領著走進校園草坪時，小樹上有一對小鳥正在親吻，享受著早晨的甜蜜快樂。我倆對望著，無言的問詢：「為什麼牠們不挨打呢？」

| 作者簡介 |
亞·內爾沃，墨西哥作家。

▐悅讀分饗▐

　　這篇文章雖短，卻把三個人物都刻畫得栩栩如生。男生「我」的小男子漢「氣質」；學監神父始而威嚴粗暴，繼而嚴中有「寬」的執教者兼「執法者」的形象，都勾勒得鮮明而又清晰。尤其是那位女生，著墨極少，只在三處極簡略的描寫其「眉目」——初戀發生時，「她用含笑的目光對我表示了讚賞」；站在學監面前等待訓斥時，「她眼裡噙著比大海還要深的淚水」；而當「我」自願承擔全部懲罰時，「她碧綠的大眼睛凝望著我，瞳仁裡激蕩著海洋一樣深不可測的東西」。

　　記得有位作家說過，要描寫人物的心靈，不妨寫出他（她）的眼睛，因為眼睛是心靈的窗戶。這篇短文就採用了這種極儉省的筆法，看來作者不僅懂得以目傳神的寫作奧祕，而且將它運用得恰到好處。

　　文章的結尾更加耐人尋味：他和她對校園小樹上一對依戀著親吻的小鳥的歡樂與自由，表現出情不自禁的欽羨，發出了無言的天真的問詢：「為什麼牠們不挨打呢？」這一樸素自然的問詢，使讀者不能不為之一怔而又會心一

笑——那是禁錮對於自由的嚮往，天性對於懲戒的反叛，純真對於理解的呼喚。

甜美的體驗

〔美國〕 愛默生

在愛的世界裡，個人就是一切，因此即使最冷靜的哲學家在敘述一個在自然界漫遊著的幼稚心靈從愛情之力那裡所受到的恩賜時，他都不可能不把一些有損於其社會天性的話語壓抑下來，認為這些是對人性的拂逆。因為雖然降落自高大的那種狂喜至樂只能發生在稚齡的人們身上，雖然那種令人迷惑到如狂如癲，難以比較分析的冶豔麗質在人過中年之後已屬百不一見，然而人們對這種美妙情景的記憶卻往往最能經久，超過其他一切記憶，而成為鬢髮斑斑的額頭上的一副花冠。

但是這裡所要談的是一件奇特的事（而且有這種感觸的非只一人），即人們在重溫舊事時，他們才會發現生命的畫冊中最美好的莫過於其中某些段落所帶來的回憶，在那裡，愛情彷彿對一個偶然與瑣細的情節投射了一種超乎

其自身意義並且具有強烈誘惑力的魅力。

　　在他們回首往事時，他們必將發現，一些自身並非符咒的事物往往給這索求般的記憶帶來了比曾使這些回憶免遭泯滅的符咒更多的眞實性。儘管我們的具體經歷如何千差萬別，一個人對於那種力量對他心神的侵襲總是不能忘懷的，因爲這會將一切重新造就；這會是他身上一切音樂、詩歌與藝術的黎明；這會使整個大自然紫氣溟濛，雍容華貴，使晝夜晨昏冶豔迷人，大異往常；這時某個人的一點聲音都能使他心驚肉跳，而一件與某個形體稍有聯繫的卑瑣細物都要珍藏在那琥珀般的記憶之中；這時只要某個人稍一露面就會令他神搖目奪，而一旦這人離去又將使他思念不已；這時一個少年會對著一扇彩窗終日凝眸，或者爲著什麼手套、面紗、緞帶、甚至某輛馬車的輪軸而思念極深；這時地方再荒僻，人再稀少，也不覺它荒僻稀少，因爲這時他腦中的情感交誼、音容笑貌比舊日任何一位朋友（不管這人多純潔多好）所能帶給他的都要豐富和甜美得多；因爲對象的體態舉止與話語並不像某些影像那樣只是畫寫在水中，而是像浦魯塔克所說的那樣，「油燒在火中」，因而成了夜半時分愛人夢想的物件。這時正是：

你雖然已去，而實際未去，不管你現在何處，你留給了他你炯炯的雙眸與多情的心。

| 作者簡介 |

拉爾夫·沃爾多·愛默生（Ralph Waldo Emerson, 1803-1882），美國思想家，詩人。1836 年出版處女作《論自然》。文學上的貢獻主要在散文和詩歌。

| 悦讀分饗 |

人生四季中，最令人懷念的應該是春夏。春天是喜劇，夏天是浪漫劇，因為人們的情事幾乎全發生於春末炎夏。儘管並非事事如願，但終生難忘這段甜美的體驗，甚至成為晚年最美好的回憶。作者以細膩的筆法極力描繪了這段人人都有過的美好體驗，讓人們頓生嚮往或追憶。

人間有情

兩個陌生的人，在茫茫人海中偶然相遇了，
也許只是一段人生的插曲，
也許會帶來永恆的記惦，
何不珍惜這短暫的交會所綻放的光芒！

馬車上

〔南非〕 奧麗芙·旭萊納

　　前幾天，我乘柯布公司的車子上這兒來。在路旁一個小旅店裡，必須把原來的大馬車換成小馬車。我們一共是十個乘客，八個男的，兩個女的。

　　我坐在旅店裡的時候，那些紳士走來悄悄的對我說：「那輛馬車容不下所有的人，快坐上去吧。」我急急忙忙走出去，他們給了我最好的座位，並且用毯子幫我蓋上，因為天上正濛濛的下著細雨。接著，最後上車的乘客跑到馬車跟前來了——一個老太婆，戴著一頂漂亮的無邊帽，肩上的黑圍巾用一根黃別針別著。

　　「沒空位子啦，」他們說，「你得等下星期的馬車才行。」

　　可是老太婆爬上踏蹬，雙手緊緊的抓著窗戶。「我女婿病啦，我得去看他。」她說。

「老太太」，一個人說，「你女婿病了，我實在非常難過，可惜這兒確實沒你的地方了。」

「你最好下去吧，」另一個人說，「輪子會輾到你的。」

我站起來，打算把我的位子讓給她。「哦，不，不要！」他們喊著說，「這樣做我們過意不去。」

「我倒寧願跪著。」有一個人說，他在我腳邊蹲下來。於是那個女人就進來了。

在那輛馬車裡，我們一共九個人，只有一個人表現了騎士般的眷顧——那就是一個女人對另一個女人。

有一天我也會變老變醜的，我也會尋求男人們騎士般的幫助，可是我不會得到。

蜜蜂在採完蜜以前，對花一直是愛護的，以後就是從花上飛過，不再理它們了。

我不知道那些花感激不感激蜜蜂；要是真的感激，它們就是大傻瓜。

┃作者簡介┃

奧麗芙・旭萊納（Olive Schreiner, 1855-1920）。19 世紀非洲最卓越的作家、社會活動家。

┃悅讀分饗┃

　　故事很簡單，但給予讀者的感受卻深具震撼力。一個趕著要去探視生病的女婿的老婦人，卑微的請求小馬車上的八男兩女，給她位子。沒想到那些男人盡說推託的話，只有作者願意讓座，最後一位男士在作者腳邊蹲下來，解決了困境，使得作者十分感慨。最後例舉的蜜蜂與花的互動，倒是給讀者無限的想像空間。

爸爸收小費

〔俄國〕 塔季揚娜‧蘇霍津娜‧托爾斯泰

　　莫斯科距離雅斯納亞‧波利亞納約兩百公里。父親有時喜歡沿著這條路徒步旅行，他願意打扮成香客模樣，背著行囊沿大路而行，同流浪漢們交朋友，因為對這些人來說，他僅僅是個無名的同路人。這條路一般要走五天，一路上他不是找家茅舍打尖投宿，就是找家小客棧過夜。路過火車站時，就在三等候車室休息。

　　一次休息時，他突然想要到月臺上走走。這時月臺邊恰巧停靠著一列客車，眼看快要出發。忽聽得有人喊他：「老頭兒！老頭兒！」

　　喊話的是一位太太，半截身子探出車窗。「快替我到女候車室跑一趟，把我的手提包取來，我把它忘在那邊了……」

　　父親趕忙跑去滿足這一要求，幸好手提包還在。

「太謝謝啦，」太太說，「這是賞給你的。」太太遞了一枚銅板給他。父親心安理得的裝進口袋。

「您知道您那銅子兒給了誰嗎？」一個旅伴問太太。他認出這位長途跋涉、風塵僕僕的流浪漢原來就是《戰爭與和平》的著名作者。「他就是列夫・托爾斯泰呀。」

「老天爺呀！」老太太驚叫，「我這是幹什麼事呀！托爾斯泰先生！托爾斯泰先生！看在上帝面上，請別見怪！請把銅子兒還給我吧！我居然給您一個銅子，多不好意思！上帝啊，我這是幹出什麼事來啦……」

「您幹麼要這麼激動？」父親反問，「您又沒做壞事！……這個銅板是我賺來的，我得收下。」

汽笛長鳴，列車開動，帶走了那位懇請原諒，要求收回銅板的太太。父親一臉微笑，目送著列車遠去。

| 作者簡介 |

塔季揚娜・蘇霍津娜・托爾斯泰（1864-1950），俄國作家列夫・托爾斯泰的長女。

┃悅讀分饗┃

　　這篇小品篇幅短小,情節緊湊,沒有一星半點的贅筆,其嚴謹的結構,猶如傳統戲劇中的起、承、轉、合。而文章開頭的那一段,即描寫托翁打扮成平民香客模樣徒步旅行、「同流浪漢們交朋友」、睡茅舍小客棧、住三等候車室等等,則是開場之前的「序幕」,它一方面表現了這位偉大的現實主義作家與平民打成一片的可貴品格,另方面也是「幕」前的重要鋪墊;沒有這段鋪墊,後面的情節就難以發展。而老太太的始而驅遣使喚,繼而驚詫愧悔,與托爾斯泰的不慍不怒、坦然釋然,恰成鮮明的對比,使這兩位「戲劇人物」都獨具個性,栩栩如生。

擦鞋童盧拉

佚名

1945 年 10 月，男孩出生於巴西伯南布哥州的一個農民家庭。因家裡窮，從四歲起，他就得到街上販賣花生，但仍衣不蔽體，食不果腹。上小學後，他常和兩個小夥伴在課餘時間到街上擦鞋，如果沒有顧客就得挨餓。

十二歲那年的一個傍晚，一家洗染鋪的老闆來擦鞋，三個小男孩都圍了過去。老闆看著三個孩子渴求的目光，很是為難。最後，他拿出兩枚硬幣說：「誰最缺錢，我的鞋子就讓他擦，並且支付他兩塊錢。」

那時擦一雙皮鞋頂多二十分錢，這十倍的錢簡直是天上掉下的餡餅。

三雙眼睛發出異樣的光芒。

「我從早上到現在都沒吃東西，如果再沒錢買吃的，我可能會餓死。」一個小夥伴說。

「我家裡已經斷糧三天了，媽媽又生病，我得給家人買吃的回去，不然晚上又得挨打……」另一個小夥伴說。

男孩看了看老闆手裡的兩塊錢，頓了一會兒，說：「如果這兩塊錢真的讓我掙，我會分給他們一人一元錢！」

男孩的回答讓洗染鋪老闆和兩個小夥伴大感意外。

男孩說：「他們是我最好的朋友，已經餓一整天了，而我至少中午還吃了點花生，有力氣擦鞋。您讓我擦吧，我一定讓您滿意。」

老闆被男孩感動了，待男孩擦好鞋後，他真的將兩塊錢付給了男孩。而男孩並不食言，直接將錢分給了兩個小夥伴。

幾天後，老闆找到男孩，要男孩每天放學後到他的洗染鋪當學徒工，還管晚飯。

雖然學徒工的工資很低，但比擦鞋強多了。男孩知道，是因為他向比自己窘困的人伸出援手，才獲得改變命運的機會。

從此，只要有能力，他都會去幫助那些生活比自己困難的人。後來他輟學進入工廠當工人，為爭取工人的權益，他二十一歲加入工會，四十五歲創立勞工黨。2002 年，他

提出「讓這個國家所有的人一日三餐有飯吃」的競選綱領，贏得了選民的支持，當選總統。

　　2006 年，他競選連任，又再次當選總統，任期四年。八年來，他踐行「達則兼濟天下」的承諾，使這個國家百分之九十三的兒童和百分之八十三的成年人三餐都有食物。而他帶領的巴西也從「草食恐龍」變成了「美洲雄獅」，一躍成爲全球第十大經濟體。沒錯，他就是 2010 年底任期屆滿而卸任的巴西前總統盧拉（Luiz Inácio Lula da Silva）。

▌悅讀分饗 ▌

　　成功的政治家永遠擁有一顆慈愛的心，懂得將心比心，事事從人民的角度出發，絕不會營私舞弊，為害百姓。

　　出身貧困家庭的盧拉從小就懂得人溺己溺的道理。他自小就懂得為窮苦人們打拚，只要他行有餘力，隨時都願伸出援手，幫助別人。他的小故事應該會讓世界上所有政客感到羞愧。這篇小故事便足以證明他為什麼深受百姓愛戴的原因。故事簡單，但十分感人。

謝謝你，女士

〔美國〕 蘭斯頓·休斯

　　她是個高頭大馬的女人，背著一個大皮包，裡面除了鐵錘和釘子外，什麼都有。皮包的背帶很長，鬆垮垮的掛在她的肩上。時間差不多是晚上十一點了，她獨自走著，忽然一個男孩從後面跑上來，想搶她的皮包。那帶子被男孩從背後猛然拉了一下，就斷了，而那男孩被自己和袋子加在一起的重量弄得失了平衡，不但未能如願搶走皮包，反而在人行道上摔了個四腳朝天。高頭大馬的女人回過身來，準確無比的朝他穿著牛仔褲的屁股上踢了下去，然後彎下身，揪住男孩胸前的襯衫，不停搖晃他，直到他的牙齒咯咯作響。接著那女人說：「把我的皮包撿起來，小子，拿起來交給我。」

　　她仍然緊緊抓住他，但再彎下去一些，好讓那男孩彎下身去撿她的皮包。她說：「你不覺得可恥嗎？」胸前襯

衫被緊緊扭住的男孩說：「覺得。」

女人說：「你為什麼要這麼做？」男孩說：「我不是故意的。」

她說：「你撒謊！」

這時，有兩三個人經過，停下腳步，回頭觀望，有的甚至站在那兒看。

「如果我鬆手，你會不會跑走？」女人問。

「會。」男孩說。

「那我就不鬆手。」女人說。她沒有放開他。

「小姐，對不起。」男孩小聲說。

「嗯哼！你的臉很髒。我真想幫你洗洗臉。你家裡沒人告訴你要洗臉嗎？

「沒有。」男孩說。

「那麼，今天晚上得清洗一番。」高頭大馬的女人一邊說，一邊拖著那個嚇壞了的男孩往前走。他穿著運動鞋、牛仔褲，看起來像是十四、五歲，弱不禁風，沒人管的小孩。

女人說：「你應該當我兒子，我會教你如何分辨是非。至少我現在能幫你洗臉。你餓不餓？」

「不餓！」被拖著走的男孩說：「我只希望你放開我。」

「我剛剛走過那轉角時，礙著你什麼了嗎？」女人問。

「沒有。」

「可是你自己找上我。」女人說：「如果你以為我們的接觸就只那麼一下子，那你就錯了。等我跟你算完帳，你一輩子都忘不了露耶拉・貝茨・華盛頓・鐘斯太太。」

汗不斷從那男孩臉上冒出來，他開始掙扎。鐘斯太太停下腳步，把他扯到她前面，架住他的脖子，繼續推著他往前走。到了她家門前，她拉著那男孩進去，走過一條通道，進入房子最後一間擺著廚房用具的大房間。她打開燈，讓房門開開的。男孩可以聽見這幢大房子的其他房間裡有人在談笑，有幾個房間的門也是開著的，所以他知道房子裡並不是只有他和那女人而已。在她的房間中央，那女人仍抓住他的脖子。她問：「叫什麼名字？」

「羅傑。」男孩回答。

「好，羅傑，到那個水槽邊，把臉洗一洗。」女人說，並且放開他——終於。羅傑看著門——看看那女人——看看門——然後走到水槽前面。

「打開水龍頭等水熱，」她說：「這是乾淨的毛巾。」

「你會讓我去坐牢嗎？」男孩問，一邊彎向水槽。

「不會讓你帶著那張髒臉去，我不會帶你去任何地方的。」女人說：「我正要回家給自己弄點東西吃，而你卻來搶我的皮包！也許你還沒吃晚飯，雖然這麼晚了。你吃過了嗎？」

「我家一個人也沒有。」男孩說。

「那我們一起吃好了，」女人說：「我想你是餓了——或者，剛才就一直是餓著的——才來搶我的皮包。」

「我想買一雙藍色的麂皮鞋。」男孩說。

「好吧，你不需要搶我的皮包去買麂皮鞋，」露耶拉·貝茨·華盛頓·鐘斯太太說：「你可以要求我買給你。」

「女士？」那男孩看著她，水珠沿著臉龐滴下來。好一會兒兩人都沒有說話，好一會兒。他擦乾了臉，由於不知道要做什麼好，就又擦了一次，然後轉過身來，不知道接下來怎麼辦。門是開著的，他可以衝出去，跑過通道，他可以跑，跑，跑，跑！

婦人坐在靠椅上，過了一會兒她說：「假使我再年輕一次；倘若想要我得不到的東西……」

　　兩人又靜默了好一會兒。男孩張開了嘴，然後不自覺
的皺起眉頭，不知道自己在皺眉頭。

　　婦人說：「嗯哼！你以為我接著要說『但是』，對不
對？你以為我要說，『但是我沒有搶人家的皮包』？我並
不打算說這句話。」暫停。靜默。「我也做過一些事情，
不過我並不想告訴你，孩子——也不想告訴上帝，如果他
還不知道的話。每個人都有一些相同的地方，所以我弄東
西給我們吃的時候，你就坐下吧。你可以用那把梳子梳梳
頭，看起來會舒服些。」

　　屏風後面的角落裡，有個小瓦斯爐和冰箱。鐘斯太太
站起來，走到屏風後面。現在，那女人並沒有注意男孩是
不是打算跑掉，也沒有看她放在靠椅上的皮包，但是男孩
小心的坐在房間的另一邊，離皮包遠遠的，而且是他認為
她可以輕易用眼睛餘光看見他的地方。他不相信那女人相
信他了，而他現在不希望有人不信任他。

　　「你需不需要有人替你跑腿，」男孩問：「買點牛奶
什麼的？」

　　「我不需要，」女人說：「除非你想喝甜牛奶。我可
以用這裡有的罐裝牛奶沖可可。」

「那就好了。」男孩說。

她把從冰箱拿出來的青豆和火腿弄熱，泡了可可，鋪好餐桌。女人並未詢問他有關住處、家人，及其他會令他困窘的問題。倒是吃東西時，對他說她在某個旅館的美容部工作，總是工作到很晚，也告訴他工作的內容，以及那些來來往往、各種各樣的女人──金髮的、紅髮的，還有西班牙人。然後把她那塊一角錢的蛋糕切了一半給他。

「再吃一點，孩子。」她說。

吃完後，她站起來，說：「現在，這兒，你拿這十塊錢去買那雙藍色麂皮鞋。下次，別再打我的或其他人的皮包的主意──因為用不正當手段弄來的鞋子會燙到你的腳。我要休息了，但是從現在開始，我希望你好好做人。」

她領著他穿過通道，走到前門，把門打開。「晚安！好好做人，孩子！」她說，他走下臺階時，她的眼光順著街道看過去。

除了「謝謝你，女士」之外，男孩還想對露耶拉‧貝茨‧華盛頓‧鐘斯太太說些什麼，但是一直走到光禿禿的臺階下層，他仰頭看著門內那高頭大馬的女人，他仍只動了動了動嘴脣，連那句話都說不出來。然後，她關上了門。

| 作者簡介 |

蘭斯頓・休斯（Langston Hughes, 1902-1967）在美國文壇，尤其是黑人文學方面，是一個舉足輕重的人物。他寫過小說、戲劇、散文、歷史、傳記等各種文體的作品，還把西班牙文和法文的詩歌翻譯成英文，也編輯過其他黑人作家的文選，但他主要以詩歌著稱，被譽為「黑人民族的桂冠詩人」。

| 悅讀分饗 |

　　這是一篇相當感人的小說，情節簡單，兩個平常人的對白就是故事的主軸。

　　一位小男孩在深夜想搶劫高頭大馬的鐘斯太太，結果反而被對方逮住了。鐘斯太太沒把男孩送往警局，反而帶他回自己的家，要他洗臉，弄晚餐給他吃，送他十塊錢，讓他去買想買的藍色麂皮鞋。小男孩臨走時，想說聲謝謝，卻始終開不了口。整篇故事留給讀者相當多的討論空間。

　　鐘斯太太的住處非常簡陋，美容院工作收入也有限，但她卻給男孩十塊錢，讓他去買鞋子，不希望他走上歧途，淪落成社會的負擔。這種正面的敘述，應該是作者對族人

的期許。

小精靈

〔美國〕　勞倫斯·威廉斯

即使在這麼明顯的麻煩中，讓員警緊緊的抓住他的手腕，強尼·達金的眼神依舊是那麼自然、堅持而又一副不在乎的樣子。卡斯楚先生以前曾經在那一對黑溜溜的眼睛裡看到這種眼神。他明白它們意謂的是什麼，因此他立刻就做了一個決定。

「你大概搞錯了吧！卡爾，」卡斯楚微笑著對員警說，「這個男孩並沒有拿我的鎖。」

卡爾不耐煩的搖著他的大頭，「別耍我，卡斯楚先生，」他說，「我明明看見他從你的架子上拿的！」

「當然啦，他是從架子上拿的。但，是我叫他去拿的。」

卡斯楚輕鬆的編造了一個謊話，他一向精於此道。卡爾警官並沒有放開男孩的手。

「你正在造成大錯，你知道嗎？卡斯楚，」他大聲的說，「這已經不是他的第一次了。如果你現在不提出告訴，只會使他更變本加厲罷了。你應該比其他人更明白的。好了，你願意挺身而出了吧！還有其他的事嗎？」卡斯楚先生回想起過去自己的紀錄——那些曾經被列入檔案的，他瘦削的臉上轉變成一種寬容的微笑。

「但是，我不想提出任何告訴，卡爾，」他說。

「你看！」警官突然的打斷他的話，「你以為這麼做是在給小孩子一個機會嗎？因為他只有十四、五歲嗎？我告訴你，大錯特錯！你只是讓他再回到法蘭克‧佛森的手下，讓那個惡棍再教他更多犯罪的伎倆罷了！我們這一帶的情況你是知道的，卡斯楚。小孩們把佛森奉為英雄，而他正把他們聚結成一群不良少年來供他驅使。總歸一句話，還是你自己決定。如果是佛森本人，難道你也要祖護他嗎？」卡斯楚臉上的笑容頓時失去了大半，他透過玻璃櫥窗望著外面的街道。

「不，」他輕輕的說，「不，我絕不會祖護法蘭克‧佛森。但我們現在討論的並不是佛森，對嗎？我們說的是關於強尼‧達金‧當我叫他去取鎖匙卻被你誤認為小偷的

這個男孩，對嗎？」

　　卡爾不想再做任何爭辯。他冷峻的瞪著卡斯楚那張固執的臉孔，過了幾秒後便放開強尼・達金的手腕，轉過他那肥胖的身子走出店門。

　　他們兩人──一個是六十歲的老人，一個是十四歲的小鬼，彷彿有了無言的默契，一直等到沉重的腳步聲踏出門外。此時卡斯楚攤開手掌。

　　「現在，」他用認真的語氣說，「你可以把鎖還給我了吧？」強尼・達金一語不發的鬆開手腕，把鎖掛回架子上。他閃爍的眼光移動在架子和卡斯楚先生之間。

　　「這只是一個普通的鎖頭，」卡斯楚把它拿起來，繼續說，「把你的鞋帶借我。」

　　一種類似命令的語調使強尼・達金不得不彎下腰，解開那雙又破又髒的鞋子左邊的鞋帶。卡斯楚先生拎起鞋帶，檢查了一下帶有金屬片的一端，把它夾在手指中間，像夾鉛筆那樣。然後他把鞋帶的那一端穿進鑰匙孔裡。他那看起來似乎毫無用處的手指輕輕挑動了三、四下，鎖頭「帕」的一聲就開了・強尼・達金驚訝的探過頭來。

　　「嘿，你怎麼弄的？」他說。

「別忘了！我是一個鎖匠。」

小男孩的表情立刻改變了。「嘿，你不只會這樣吧！」他馬上接口說，「我記得法蘭克‧佛森提起過你。我本來以為他是哄我的。他說你以前曾是保險箱大盜——最偉大的保險箱大盜！」

「以前的兄弟是這麼稱呼我的。」

卡斯楚先生順手把東西整理了一下，「強尼，我們來談個交易如何？剛剛我已經對你略施小惠了。我需要一個孩子來替我看店，一天三小時，放學以後來；星期六則是全天。我每小時付七角五分，你想不想做？」原先在強尼‧達金臉上好奇、驚異的表情這時變成不屑一顧的神色。

「留著吧！」他說，「把機會留給那些呆小子吧！」

「你太聰明了，是嗎？」

「如果我要錢的話，我知道該怎麼去弄。才不要整個禮拜為了工作而操勞呢！」

「而且，如果你找不到門路，」卡斯楚先生接著說，「你的朋友佛森也一定能幫你。對嗎？」

那種驕矜、自恃的神色又出現在強尼的臉上。

「沒錯！」他說，「他很厲害的。」

　　卡斯楚露出輕蔑的笑容。「厲害？那種偷銀行的小把戲也算本事？我說，不出一年，他就要鋃鐺入獄了。」

　　強尼仰著頭說：「不可能！」

　　「當然，他在一年之內也還能做一些案子。」卡斯楚先生堅持的說。「好吧，」他的口氣變得粗暴了，「我不再給你建議了，讓我給你看一樣東西吧！」卡斯楚先生從櫃子底下搜出一本泛黃的報紙剪貼簿，他把它攤開在小孩面前。

　　「保險櫃大盜之王，」他指給小孩看。卡斯楚先生，現在的表情顯得緩和多了，微微的笑著。

　　「強尼，我不會傻到把其中的奧祕告訴你的。連佛森都一無所知。曾經有專家用了二十年的時間請我傳授，我都還不答應呢！」

　　「我已經把它們寫在回憶錄裡，」卡斯楚繼續說，「我把那本活頁筆記簿放在房間的一個上了鎖的抽屜裡。我所知道的各種技巧都寫在裡面，等我死了就會出版。那時，一夜之間，每一個人——包括小偷、大盜、鎖匠等等的每一個人都會知道。當然，只要每個人都知道，裡面的祕密就沒有用了。」

強尼若有所思的搖搖頭，「唉──」他說，「你本來可以大撈一票的，為什麼不……」

「大撈一票？」卡斯楚先生插嘴說道，「沒錯，別人口袋裡的二十五萬美元。可是，那得花二十年的工夫才偷得到。其中還要扣掉一半的開銷，至少一半，到最後，我每年只能存下二千美元。按照正常的情況，這家五金店的收入比那個好多了。去年我賺了超過三倍的錢。」

「等一下！我還有話說，」強尼‧達金說，「你本來可以賺更多的。」

「是嗎？」卡斯楚先生向他笑了一下，「也許我忘了告訴你，我當中被關了二十三年，使我的平均收入大大降低了。」

「二十三……你怎麼會被捉呢？」

「人算不如天算啊！遲早會有出錯的一天。愈早犯錯就愈容易回頭。沒有人是絕頂聰明的，強尼──你不是，你的好朋友佛森也不是。」

強尼‧達金漸漸又露出自恃、固執的神色。

「那是你認為的，」他說，「你不知道世上還有許多聰明的人，因為他們根本不會被抓。」

　　卡斯楚先生嘆了一口氣。

　　「再見了，強尼。」他失望的說，「我要工作了。」

　　第二天晚上，大約深夜一點鐘左右，卡爾警官已經在卡斯楚先生的房裡埋伏了兩個晚上。他手握著左輪槍，輕輕的走上前，在佛森還來不及拿到那本筆記簿之前，將他逮捕了。隔天下午，卡斯楚先生正在看一本活頁筆記簿。強尼‧達金放學經過他的店前。

　　「進來吧！強尼，」他說，「已經沒什麼事做了。」

　　男孩慢慢的走近櫃檯。

　　「我聽說法蘭克‧佛森搬走了，」卡斯楚先生繼續說，「搬進市立監獄去了。現在，終於逮到這個大傻瓜了。他破門而入就是想偷這本筆記簿。」

　　「他大概以為這本小簿子裡有什麼大祕密吧！」卡斯楚先生接著說，「記得我好像跟你說過一個有關回憶錄的笑話。其實啊！現在誰不曉得，像我這樣的人怎麼可能寫回憶錄呢？如果寫了，便會引起人們邪惡的念頭，不是嗎？強尼，那是不可思議的。偏偏有佛森那種傻瓜。有一天，我會找時間告訴他，我這本筆記簿裡面全是帳單。」

　　強尼‧達金自始便一語不發。他敏銳的眼睛盯著卡

斯楚先生的臉，他的眼中流露一種與過去完全不同的眼神──一種崇拜、尊敬的眼神。

「也許，大部分的人並非想像中的那麼聰明吧！」他輕聲的說。

｜作者簡介｜

勞倫斯・威廉斯，美國作家。

｜悅讀分饗｜

故事一開始，卡斯楚先生便展現他的愛心。他爲偷鎖的少年強尼撒謊，寬容他，是想讓他有機會改過。

卡斯楚先生說強尼聰明是反語，含有諷刺之意。因爲強尼表面上很聰明，不需爲錢而操勞，實際上是自作聰明，追隨佛森幹偷盜這樣的蠢事。後來卡斯楚以自身的教訓告訴強尼，人如果走歪路邪路，終究會落入法網，沒有人可以聰明到躲避法律的制裁，暗示佛森終將落入法網，委婉

的勸誡強尼改邪歸正。

卡斯楚先生通過開鎖的舉動展示自己的本領，暗示自己曾是保險箱大盜的身分，從而得到強尼的讚嘆和信任。兩人之間的談話，為卡斯楚設計捉拿佛森作鋪陳。

卡斯楚先生開鎖本領高超，當年憑藉這一本領成為保險箱大盜之王，後來因此而坐了二十三年牢。他的慘痛教訓告訴我們，聰明一定要用在正確的事上。如果把聰明用在「小聰明」上，不考慮道德規範，反倒耽誤自己，搬起石頭砸自己的腳。

卡斯楚先生很聰明，他得到強尼的信任後，煞有介事的告訴強尼自己要寫關於偷盜技巧的回憶錄，以此設下圈套並協助員警逮捕了前來偷盜的佛森。

一個小偷和失主的通信

〔德國〕 奧托·納爾畢

第一封信　小偷致失主

尊敬的布勞先生：

　　想必您已獲悉，您停在歌德路的汽車已經失竊。我就是小偷。鑒於我這個小偷向來和失主關係良好，謹提出如下友好的建議：您的車子裡有一隻放信函和文件的皮包，它們對我雖然無用，但我認為對您想必很重要。現將這些東西放在歌德路 40 號的房子後面還給您。作為交換，請將有關汽車證件放在同一地方。您給我的信，也放在那裡。順致親切的問候。

　　　　　　　　您的汽車小偷

　　　　　　　　　1964 年 4 月 3 日於法蘭克福

失主的覆信

尊敬的汽車小偷先生：

我不得不同意您的建議，因為我正急需那些文件。我的，亦即您的藍色四座車證件，請於今天夜裡二十四點鐘到歌德路 40 號房子後面去拿。

馬克斯·布勞 謹上

1964 年 4 月 5 日於法蘭克福

第二封信　小偷致失主

尊敬的布勞先生：

下一期的汽車稅（計 2469 馬克），要在本周內付清，是嗎？

您忠實的汽車小偷

1964 年 4 月 7 日於法蘭克福

失主的覆信

尊敬的汽車小偷先生：

我謹遺憾的通知您，下一期的汽車稅，您必須在本周內付給財政局。拖延付款是要付高額罰金的。順致

敬意！

您的 馬克斯・布勞

1964 年 4 月 9 日於法蘭克福

附記：請不要忘記把汽車保險費付給色柯里塔保險公司。

第三封信　小偷致失主

尊敬的布勞先生：

　　請原諒我又寫信給您。請問，車子耗油量是否需十二至十四公升？再則，左後輪漏氣？

您的 汽車小偷 謹上

1964 年 4 月 10 日於法蘭克福

失主的覆信

尊敬的汽車小偷先生：

　　我忘了告訴您。我的，或者說您的車子亟待換隻新胎，同您說的一樣，汽油消耗的確很大。不說您也明白，車子已經很舊了。幹您這一行的老是要在路上奔波，為您著想，我勸您把閥門換掉。

您的 馬克斯・布勞

1964 年 4 月 12 日於法蘭克福

第四封信　小偷致失主

尊敬的布勞先生：

　　財政局要求我補交稅款六百九十八點五七馬克，十日內付清。此外，坐墊已壞，右方向指示燈不亮。您能否給我介紹個便宜的車房，當然要有暖氣的，因為汽車很難發動。現在我為車房要付五十馬克。順致

崇高的敬意！

　　　　　　　　　　您的　汽車小偷

　　　　　　　　　　　1964 年 4 月 18 日於法蘭克福

失主的覆信

親愛的小偷：

　　對您說來，除了付清汽車稅以外，別無他法。順便提一句，昨天夜裡我突然想起，煞車已經失靈，請立即檢查一下。此外，天氣不好的時候——近來天公老是不作美——得修理車篷。

　　至於車房，我愛莫能助。過去，我的車子也經常露天

停放。

> 您忠實的 馬克斯・布勞
>
> 1964 年 4 月 23 日於法蘭克福

第五封信　小偷致失主

尊敬的布勞先生：

　　我從您那裡偷來的汽車，使我大傷腦筋。在一連串的故障中，昨天差點傳動裝置又壞了。如此之高的費用，我這個誠實的小偷實在承擔不起。我想貼一筆小額的賠償費，把車子還給您，望能同意為盼。順致
崇高的敬意！

> 您的 汽車小偷
>
> 1964 年 4 月 25 日於法蘭克福

失主的覆信

最要好的朋友：

　　十分遺憾，由於您的嚴酷決定，我不得不結束我們之間美妙的通訊聯繫。您偷走了我的汽車，而我懂得了上帝為什麼給我兩隻腳。我重新開始步行。過多的脂肪已經掉

了好幾磅，心臟跳動恢復正常，我完全忘記了心血管病是怎麼回事。我不再看病，經濟狀況也大有好轉。我還得取回我的車子嗎？想都沒有想過！故此，我決定拒絕您的建議，即使您上法院控告我。我決不接受被偷走的東西。順致

敬意！

　　　　　您的　馬克斯·布勞

　　　　　　　1964 年 4 月 28 日於法蘭克福

│作者簡介│
奧托·納爾畢，德國作家。

這是一組奇特的通信，字面意義上充滿了禮貌與親切，猶如老朋友般相互尊重禮讓。然而，通信的雙方卻一邊是偷車的小偷，另一邊是失主。這本身就帶有強烈的幽默與諷刺的色彩。

首先，寫信稱呼「親切」得近乎滑稽，小偷居然稱失主為「尊敬的布勞先生」，失主也稱小偷為「尊敬的汽車小偷先生」、「親愛的小偷」、「最要好的朋友」；信末的落款則分別為「您忠實的汽車小偷」和「您忠實的馬克斯‧布勞」，儼然老朋友般。在信中，小偷公然的一次又一次向失主詢問有關汽車稅、耗油量以及車況等方面的問題，而失主則不厭其煩的一一加以解答，並且友善而熱情的提醒小偷不要拖延交付稅款以防受罰，要及時更換車胎，要檢查失靈的煞車以免出事等。世界上有這樣泰然自若的小偷和這樣周到仁慈的失主麼？有這樣「親密無間」的失主和小偷的關係麼？明明是偷與被偷的矛盾衝突，卻「變」成了相互關照體諒、處處為對方著想的親善友好關係；明明是對立緊張、水火不相容，卻「變」成了親近和諧、「水

乳交融」。作者為著諷刺某種事物而有意識的反其意而「變」之，正話反說或反話正說，此謂之帶有極大的誇張成分的反諷。最末的兩封信更是妙不可言：小偷因不堪承受各種費用的重負而要求將汽車退還失主，失主則認為這是「嚴酷的決定」而堅決拒絕收回汽車，這就更帶有悖於常理的荒誕成分，使人於忍俊不禁中，產生一種相當滿足而又難以言傳的審美快感。

　　誇張、反諷、荒誕手法，構成了文章的幽默風格。之所以把這一類的幽默稱為「典雅的幽默」，是因為做出惡行的小偷那種「彬彬有禮」的態度，財物被竊的失主那種「雍容大度」的姿態，以及二者之間「協調友好」的關係，構成一種帶有反諷意味的、「紳士風度」式的典雅；而愈是如此，它所帶給人們的幽默與諷刺的感受就愈加強烈。這種「典雅」的幽默，較之脣槍舌劍、金剛怒目式的謾罵挖苦，所留給人們的審美情趣，也更加豐富更加雋永更加濃郁。

人生向前行

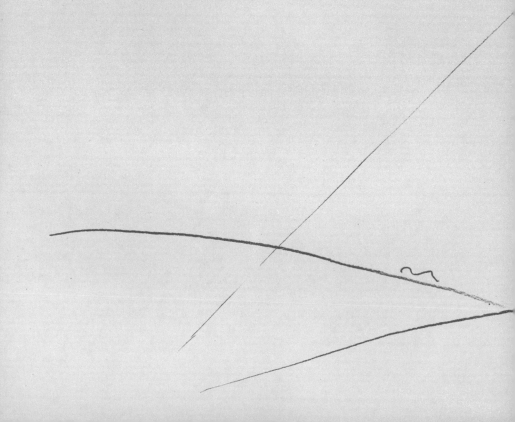

人生多麼短暫，又何其漫長；
有時置身快樂天堂，有時墜入萬丈深淵；
蜜果可能是毒藥，猛獸也許是貴人；
一切的一切都形塑了我，不論是否樂意，
我只能——努力向前行！

有個小孩往前行

〔美國〕　惠特曼

有個小孩往前行，日復一日，

他最先看見什麼東西，他就變成那樣東西，

當天或當天的部分時間，那樣東西成爲他的一部分，

就這樣延續了好多好多年。

早綻的紫丁香變成這小孩的一部分，

　綠草、紅白相間的牽牛花、緋紅、粉白色的苜蓿草，

燕雀的啁啾，

　三個月大的綿羊、母豬的淡粉紅色小豬、母馬的幼駒

和母牛的幼犢，

　穀倉旁或池塘邊泥坑附近喧譁的雛雞，

　那麼奇特的懸停在水底的小魚，美麗奇異的河水，

　優雅平展頂梢的水生植物，全部變成他的一部分。

　　四月、五月田野的芽苗變成他的一部分，

　　冬穀和淺黃穀粒的胚芽，園圃蔬菜的根莖，

　　繁花覆罩的蘋果樹和爾後的果實、樹莓和路旁最平凡
的野草，

　　從酒館緩緩起身、蹣跚回家的老邁醉漢，

　　赴學校途中的女教師，

　　過路的友善男孩和愛吵架的男孩，

　　穿著整齊、雙頰鮮嫩的女孩，赤著腳的黑人男孩、女
孩，

　　以及任何他所到過的城市和鄉村的任何變化

　　都變成他的一部分。

　　他的雙親，

　　曾養育他的父親，曾在子宮中孕育他、生下他的母親，

　　他們給予這小孩的不只這些，

　　往後他們天天給予他，他們變成為他的一部分。

　　母親靜靜的把菜餚擺在晚餐桌上。

母親溫柔的和他談話，擦淨她的衣帽，當她從旁走過，一種健康的香氣從她身上、衣裙飄落。

父親健壯、自給自足、陽剛、微賤、易怒、對事不公正；

好勇、說話急促響亮、喜愛討價還價，具有靈巧的誘導能力，

家庭習俗、語言、同伴、家具、熱忱澎湃的心，

無可否認的熱情，何物為真的感覺，與到頭來若被證明為不真的概念，

白天的疑慮和夜晚的疑慮，對「是否」與「如何」的好奇，

是否顯現的就是真實，或者它只是浮光掠影與斑點？

緊緊擁擠在街道的男男女女，如果他們不是浮光掠影與斑點，又是什麼呢？

街道本身和屋宇的外貌，以及櫥窗裡的商品，

車輛、拉車的牲畜、粗木搭建的碼頭，橫越渡口的大批人馬，

日暮時分遠遠望見的高地村落 —— 其間的河流、陰影、光暈和薄霧，

落在三哩外灰白的屋頂和山形牆的陽光，

鄰近在潮汐上載浮載沉、緩慢移動的帆船，拖著無力的小舟，

急速翻滾的波濤，迅速破碎的浪頭衝擊著，

層層迭迭的彩雲，孤零零遺落在遠方的沙洲，寂靜的橫臥在一片純淨中，

地平線的盡頭、飛翔的海鴉、鹽水沼澤和岸邊泥濘散發的芳香，

這一切的一切都變成這小孩的一部分，他日復一日往前行，現在他依然往前行，

而且將來也永遠往前行，日復一日。

| 作者簡介 |
華特・惠特曼（Walt Whitman, 1819-1892），美國詩人、散文家、新聞工作者及人文主義者。他身處於超驗主義與現實主義間的變革時期，著作兼具二者的文風。惠特曼是美國文壇中最偉大的詩人之一，有「自由詩之父」的美譽。最著名的作品是詩集《草葉集》。

悅讀分饗

　　作者先在首段為這首詩做了簡介。有主角、有主題。

　　次段起，小孩從日常生活接觸到的一草一木、一羊一牛，開始學習、吸收，進而成長，都變成他的一部分。人只有皮相是父母、基因給予的，其他的每一吋都是他所接觸到的人事物所組成的。我開始回想自己的童年，跟他的生活真是天差地別。

　　青少年時，身邊的男女老師、男孩女孩、白人黑人，經過的城市鄉村。再大一些，父母親的言語、行為統統開始影響小孩。成熟後，開始的是個人的抽象思考，對人生、對存在、對一切觸目可及。然後，人皆不可必免的老死，還有日復一日的輪迴。

如果

〔英國〕 吉卜林

如果所有人都失去理智，咒罵你，

你仍能保持頭腦清醒；

如果所有人都懷疑你，

你仍能堅信自己，讓所有的懷疑動搖；

如果你要等待，不要因此厭煩，

為人所騙，不要因此騙人，

為人所恨，不要因此抱恨，

不要太樂觀，不要自以為是；

如果你有夢想，而不為夢想所主宰；

如果你能思考，而非思而不行；

如果你遇到驕傲和挫折，把兩者都當騙子看待；

如果你能忍受去傾聽你曾講過的事實

被惡人扭曲，用於矇騙傻子；

或者，看著你用畢生去看護的東西被破壞，

俯下身去，用破舊的工具把它修補；

如果在你贏得無數桂冠之後，

然後孤注一擲再搏一次，

失敗過後，東山再起，

不要抱怨你的失敗；

如果你能迫使自己，

在別人走後，長久堅守陣地，

在你心中已空蕩蕩無一物，

只有意志告訴你「堅持！」；

如果你與人交談，能保持風度，

伴王同行，能保持距離；

如果仇敵和好友都不害你；

如果所有人都指望你，卻無人全心全意；

如果你花六十秒進行短跑，

填滿那無情的一分鐘——

你就可以擁有一個世界，

這個世界的一切都是你的，

更重要的是，孩子，你是個頂天立地的人。

| 作者簡介 |

拉迪亞德‧吉卜林（Rudyard Kipling, 1865-1936），英國小說家、詩人，出生於印度孟買。父親曾是孟買藝術學校教師，後任拉合爾藝術學校校長和博物館館長。他 6 歲時被送到英國受教育，17 歲中學畢業返回印度，父親為他在拉合爾找了份工作，擔任拉合爾市《軍民報》副編輯。由於工作關係，他熟悉印度的風土人情，對英國殖民者在印度的生活有相當透澈的了解。

┃悅讀分饗┃

　　〈如果〉是一首拉迪亞德‧吉卜林寫給 12 歲兒子的勵志詩，曾被譯成 27 國語言作為學習的教材，許多人——特別是青少年，常以此勉勵自己，激發前進的動力。芸芸眾生，誰不想成功，誰不想令世人矚目，詩人在詩中展示了成功背後，包含多少辛酸，經歷多少磨難，忍受多少痛楚。有道是「天將降大任於斯人也，必先苦其心志，勞其筋骨」。如果我們能正視成功前的種種困難，勇於接受挑戰；失敗了，何必畏懼，從頭再來就可以了。那樣，我們便成了一個頂天立地之人。

風箏

〔俄國〕 克雷洛夫

風箏飛上雲端，

停在高處往下看，

見河谷裡有一隻小蝴蝶，

不由得對牠高聲叫喊：

「喂，你相信嗎，

我好不容易才看見你。

見我飛得這樣高，

你一定很豔羨。」

「豔羨？一點也不！

你把自己想得太美了吧！

你雖然飛得高，

卻被人牽著線。

這樣的生活，朋友，

離真正的幸福太遠；

至於我，雖然飛得不高，

卻想去哪兒就去哪兒，無人能管。

像你那樣被別人當玩物，

我永遠也不願。」

| 作者簡介 |

克雷洛夫（Ivan Andreyevich Krylov, 1769-1844）是俄羅斯
作家，也是世界著名的寓言作家。他寫過詩、喜劇、諷刺
性散文，曾任書刊編輯，晚年才開始寫寓言。他認為寓言
這種文學體裁通俗易懂，人人喜愛，寓言的隱喻性語言使
作者便於說出統治者不允許說出的觀點和信念。克雷洛夫
一生創作寓言 203 篇，均以詩體寫成。他在寓言中運用和
提煉了大量反映俄羅斯人民智慧的童話和諺語，而他的一
些警句又反過來變成了新的諺語在民間傳誦。

┃悅讀分饗┃

　　風箏不爲自己勞動，而只爲主人勞動。也許它會反駁你：我才不爲別人勞動呢！我是爲自己勞動的。我不是爲主人，我是爲主人給我的錢才勞動的，所以，我是爲自己的，我是獨立的！

　　蝴蝶對此持不同的意見：如果你不爲主人勞動，主人憑什麼給你錢？你以爲你在用主人，焉知主人不是在利用你？最重要的是——你自由嗎？

　　風箏很不服氣：你是自由了，可你有錢嗎？你能出名嗎？你有人「供養」嗎？

　　蝴蝶不以爲然：我很窮，但我是屬於自己的。我可以靠自己生存。但你一旦失去了別人的「供養」，就再也活不下去！你被「供養」，並不能說明你的尊貴，反倒說明你是一個仰人鼻息的奴者。

一個臭詞兒

〔德國〕　蘭‧波西列克

　　一隻小熊進了荊棘叢生的灌木林而走不出來，一位樵夫路過，把牠救了。

　　母熊見到這件事，便說：「上帝保佑您，好人。您幫了我大忙。讓我們交個朋友吧，怎麼樣？」

　　「嗯，我也不知道……」

　　「為什麼？」

　　「怎麼說呢？是不能太相信熊吧。雖然確切的說，這並不適用於所有的熊。」

　　「對人也不能太相信，」熊回答，「可這也不適用於您。」

　　於是熊和樵夫便結成了朋友，兩人時相往來。

　　一個夜晚，樵夫在樹林中迷了路。他找不到地方睡覺，就走到熊窩。熊安排他住了一宿，還以豐盛的晚餐款待他。

翌晨，樵夫起身要走，熊吻了吻樵夫，說，「原諒我吧，兄弟，沒能好好招待您。」

「不要擔憂，熊大姐，」樵夫回答，「招待得很好，只是有一點，也是我唯一不喜歡你的地方，就是你身上那股臭味。」

熊聽了怏怏不樂。她對樵夫說，「拿斧子砍我的頭。」

樵夫舉起斧子輕輕打了一下。

「砍重一點！砍重一點！」熊說。

樵夫使勁砍了一下，鮮血從熊的頭上迸了出來。熊沒有吭一聲，樵夫就走了。

若干年後，有一次，樵夫不知不覺的到了離熊很近的地方，就去看望熊。熊衷心的歡迎他，又以豐盛的食品來招待。告辭時，樵夫問：「傷口癒合了嗎？熊大姐。」

「什麼傷口？」熊問。

「我打你頭留下的傷口。」

「噢，那次痛了一陣子，後來就不痛了，傷口癒合後，我就忘了。不過那次您說的話，就是您用的那個詞，我一輩子也忘不了。」

| 作者簡介 |

蘭‧波西列克，德國作家。

| 悅讀分饗 |

這篇發生在人與熊之間的「寓言體」短文，相當有趣。

作者透過「擬人」的手法，賦予了那隻母熊挺通人性、也挺富人情味的性格。

她不僅懂得「友誼」和「報答」，待人接物彬彬有禮，而且還不乏矜持與自尊，特別是不能接受別人對她的「傷害」；一旦被人傷害，則終身難忘。

熊聽到樵夫說他不喜歡熊身上「那股臭味兒」，很受傷害。但她仍然不露聲色，只是「怏怏不樂。」令人費解的是，這時母熊執意讓樵夫用斧頭砍她的頭，直至鮮血長流。這行動真可謂古怪離奇。這是伏筆。直到文尾，讀者才恍然大悟：原來，母熊是在用「傷口和疼痛都能忘卻」來反襯樵夫對她的惡語傷害使她「一輩子也忘不了」。在這裡，不僅表現了熊的聰明、機智與自尊，而且形象的表

達了「寧肯頭上挨斧子，也不願心上繫刀子」的寓意，一語雙關的說明了心靈的傷害甚於肉體的傷害。

文章的標題叫做〈一個臭詞兒〉，其實是要告訴人們，樵夫罵熊「臭」這種出言不遜傷害她的話，才真正是一個「臭詞兒」呢。

寫熊當然是為了寫人。透過這個樸實而有趣味的故事，我們應當懂得的是：人與人之間的相互尊重比什麼都重要。

沒有人是座孤島

〔英國〕 約翰·鄧恩

人非完全自足的島嶼；

人人都是大陸的一塊泥，

主體的一部分。

一塊泥土如果被海沖蝕，

整個歐洲就有損失，

猶如失去一片岬角，

或你朋友及你自己的邑地。

任何人的逝去都削減了我，

因爲我已交織在全人類中。

因此，當鐘敲響時，

莫叫人問爲誰而敲；

因爲它乃爲你而敲。

| 作者簡介 |

約翰·鄧恩（John Donne, 1572-1631），17世紀英國玄學派詩人。出生於一個羅馬天主教家庭。他曾先後在牛津和劍橋大學學習神學、醫學、法律和古典文學，但均未獲得學位。鄧恩的作品主要包括詩歌、書簡和布道文等。鄧恩的詩歌以愛情、諷刺、宗教等為題材，在語言、描述、情景、想像等方面獨具特色。

| 悅讀分饗 |

　　約翰·鄧恩著名的冥想過程：「每個人都是生命詩章的作者，都有自己的分量；當人死去，原本的詩章並不會被移出，相反的，是轉譯成更好的表達語言；而且每個章節都會歷經這樣的轉化歷程……，如此的訓示並非只來自傳教士的叮嚀，也令人歡欣：然而，對我這樣如此迫近病魔的人來說，能有多少時日……沒有人是一座孤島，作為自己生命的全部……任何人的死去讓我更萎靡，因為我涉入人類的生活，也因此，別問哀鐘為誰而鳴，鐘聲為你而鳴。」

　　生活在地球村裡，人與人息息相關。只要任何一處地

方發生災難，其他地方都會深受影響。人絕對無法孤立生存，鑑於近年來的各種災難，便是最好的說明。

時間的價值

〔埃及〕 艾哈邁德·艾敏

　　時間的價值正如金錢的價值，二者的價值在於很好的使用它們。死到臨頭才會捨得花錢的吝嗇鬼，實際上是個窮光蛋，他的錢就好像是一堆僞鈔。同樣的，誰要是不把時間用在增加自己和他人的幸福上，他的歲月年華也是虛假的。

　　我們生活在有限的時間內，晝夜相尋，運行有序，各不相犯。生命被劃分爲各有其名稱的階段：少年，青年，中年，老年。每一階段都有不適於其他階段的特殊工作，就像耕種莊稼，如果誤了節令，便不能在別的時令播種。

　　因此，時間是有限的，不能將其縮短或加長。時間的價值在於很好的使用它。我們應當愛惜時間，很好的利用它。

　　從時間獲益和愛惜時間的辦法只有一個，這就是你在

生活中要有一個目標，符合道德要求的目標，而且要把你的時間用在為達到這一目標而進行的奮鬥中。

首先，人不能沒有一個奮鬥目標。那個隨便抽出一本書便漫無目的去讀的人，是多麼浪費時間啊！那個沒有固定目標，從這條街逛到那條街，從這家店鋪逛到那家店鋪的人，是多麼勞累啊！確定目標可以使時間充裕很多，容易讓人在生活中步入正途。這個人在遇到什麼問題時，他知道如何選擇有助於他的目標的東西，避開不符合他的目標的事物。人們發現，做事最多的人，是時間最寬裕的人。這是因為他們的目標是明確固定的，他們把工作的方向定於達到既定目標上，而不將時間消耗在瞻前顧後、猶豫不決上。他們不讓自己成為被環境隨便擺弄的一個球。恰恰相反，他們要創造環境，根據自己的生活目標，去支配環境。

其次，造成時間被浪費的另一個因素是，一個人雖然有某個確定的目標，但他不忠於這個目標，不努力去達到這個目標，不去做符合這個目標的工作。

沒有目標和對目標不忠，這是兩個偷盜時間並把時間的功效拋掉的竊賊。

愛惜時間並不是要我們連續不斷的工作，不留一點休息時間。而是要我們好好利用休息和空閒時間，以更勝任工作。假如我們把空閒時間用於怠惰、無聊之事，那我們就不會從中獲益，也無助於我們的工作。

如果我們把空閒時間用於有益的遊戲、活動和體育鍛鍊上，那必定會有益於我們的工作，讓我們得到能夠用來為我們目標服務的力量，這就需要合理的安排和節約。

┃作者簡介┃

艾哈邁德·艾敏（1886-1954），埃及著名史學家、文學家、教育家。重要作品有《阿拉伯——伊斯蘭文化史》、《倫理》、《古希臘哲學的故事》、《偶思集》及回憶錄《我的一生》、《致父親》等。

┃悅讀分饗┃

對於時間，從古至今都是哲學家、思想家，乃至文學家所關注和思考的問題。人們總會感嘆時空的無限和自身的渺小，相對於人類發展的漫長歷程，我們的成長歷程又

算得了什麼呢？在無數哲人思考時間對人類的意義時，便深切體會到時間的客觀性，它不會因為人類作任何的改變。於是，如何合理利用時間便順理成章的成為我們的中心議題，如何在有生之年充分體現時間的價值所在，也成了體現人生價值的關鍵。

在這篇文章中，作者以生動詳實的筆觸讓我們對時間的價值及它對人生的意義有了新的認識。作者以短小的篇幅、生動的比喻，向人們道出了時間價值的真諦。文章肌理清晰，始終圍繞著「提出問題──分析問題──解決問題」這條主線闡述自己的觀點。

文章有理有據，言語邏輯嚴密而有條理，對於所提出的問題都作了相應的回覆：雖然篇幅不長，但卻以簡潔扼要的文字闡明了觀點，提出有效的解決方案，體現出作者對時間價值這一問題的思考，並將結論形象穿插於比喻、對比的運用中，說理簡明，不失哲學意味。

需要勇氣的時刻

〔美國〕 格雷斯·帕金斯

　　一個男孩在放學後奔跑回家的路上，摔了一跤。只是擦破了點皮，褲子上連洞都沒有 —— 可到了夜裡，那膝蓋開始疼起來。

　　他十三歲，是邊境區的男孩。邊疆人是不會對那麼小的事情抱怨的。他毫不理會這疼痛，跪下做了禱告，然後又爬上床。他和他的五個兄弟睡一個房間。第二天早上，他的腿疼得不得了，不過他還是對誰也不提起。他照例六點起床，上學前餵好牲口。

　　第三天早上，他的腿疼極了，他已無法到牲口棚去餵牲口了。這天是星期天，全家坐車去鎮上，他一個人留在家裡。當他的父母回來時，那孩子早已在床上，鞋子不得不從腫脹的腿和腳上割下來。

　　「他為什麼不說呢？」母親哭了，「快去叫醫生來！」

母親用溼布把傷腿包起來，另外又用塊溼布放在他滾燙的額頭上。

老醫生看了看那條腿，搖了搖頭，「我想我們得鋸掉這條腿了。」

「不！」男孩大叫起來，「我不讓你鋸，我寧可死！」

「我們等的時間越長，鋸掉的可能性越大。」醫生說。

「不管怎麼樣，不許你鋸掉它！」男孩的嗓音變了，此刻任何一個男孩的聲音都會變的。

老醫生離開了房間。只聽到那男孩在叫他的哥哥，接著他們聽到那孩子痛苦的聲音，又高又尖，「如果我神志不清的話，埃德，不要讓他們鋸我的腿，你發誓，埃德，發誓！」

過一會兒，埃德走出房間，跑到廚房裡，當他回來時，母親問他：「埃德，他要你幹什麼？」「要把叉子咬在嘴裡，可以不叫出聲！」然後，埃德就站在臥室門口，兩隻手臂交叉著，很清楚，他在站崗。

兩天兩夜，埃德就守在那裡，睡在門口的地板上，連吃飯也沒離開。熱度愈來愈高，那孩子開始胡言亂語了——他真的神志不清了。不過埃德還是沒有退讓的跡

象，他堅守在那裡──他向弟弟許諾過的。醫生一次次來，一次次回。最後，出於一種無助的氣憤，老醫生大叫一聲：「你們都在看他死！」隨後就走出了屋子。現在什麼也救不了這個孩子，除非奇蹟！

在這可怕的時刻，孩子的爺爺，一個結實的鼓舞人心的老牧人，總是相信信仰可以治病。於是，他們開始祈禱。爺爺、父親、母親，接著輪到埃德，第二天晚上，其他四個兄弟也加入祈禱的行列。

第三天早上，當醫生又一次路過時，他看到了一個變化：那條腫腿消退下去了！即使是在那孩子睡著的時候，家裡也總有一個人守護著，祈禱著。

又一個夜晚，那孩子突然睜開了眼睛，那腫脹全消下去了。三個星期以後，儘管他又瘦又弱，那眼光卻是清澈的，堅定的。他站起來了。

這位十三歲就學會面對生活的男孩，就是以後成為美國總統的德懷特·艾森豪。

| 作者簡介 |

格雷斯·帕金斯，美國作家。

▌悅讀分饗 ▌

　　這篇故事並不複雜，然而其中的啟示卻具有普遍意義。

　　突發的事故，迫使一個十三歲的男孩痛苦而又堅忍的面對生活。腿摔傷了，由疼痛而腫脹，以致「鞋子不得不從腫脹的腿和腳上割下來」，以致富有經驗的老醫生「認定」要「鋸掉這條腿」。事情變得如此嚴重，考驗變得如此嚴峻。醫生一次又一次上門，堅持鋸掉這條腿以保全性命。性命攸關，非同小可。忍住劇痛需要勇氣，堅持「不鋸腿」、在高燒「神志昏迷」狀態下也堅持「不鋸腿」，還需要忍受更大的痛苦，也需要更為堅忍不拔的勇氣。而他，僅僅是一個孩子。

　　圍繞著「鋸腿」和「不鋸腿」的「爭鬥」，小男孩表現出來的非凡的堅毅和超凡的勇氣是難能可貴的。如果說，剛摔傷腿時這男孩就「毫不理會這疼痛」，「對誰也不提起」，已經表現了他的忍受能力與堅強意志；那麼，到了後來，高燒不止、神志上的那種劇痛與難受，就是更為嚴峻的考驗、更需要勇氣和毅力的時刻了。他甚至讓他的哥哥為他「站崗」，為他「發誓」要阻止醫生鋸腿，其

忍受痛苦的程度，幾乎到了「生命的極限」。最後，這位十三歲小男孩終於創造了奇蹟：腫脹消退了，病腿保全了。「儘管他又瘦又弱，可那眼光是清澈的，堅定的。他站起來了」——應當說，他是在戰勝劇痛、戰勝死亡的搏鬥中，以其精神和意志的力量在人生的起跑線上勇敢地「站立」起來了。

　　文章的結尾告訴我們，這個十三歲的勇敢的小男孩，就是以後成為美國總統的艾森豪。末尾「點」出人物身分，不禁使人頓生聯想。

論孩子

〔黎巴嫩〕 紀伯倫

　一個懷中抱著孩子的婦人說，對我們說說孩子吧。

　於是他（先知）說：

　你的孩子並不是你的。

　他們是「生命」對他自身的渴慕所生的子女。

　他們經你而生，卻不是你所造生。

　他們與你相伴，但是並不屬於你。

　你可以給他們你的愛，卻非你的思想，

　因為他們擁有自己的思想。

　你只能圈囿他們的身體而非靈魂，

　因為他們的靈魂寓居在明日的住所中，而那是非你所能觀覽的地方，甚至不在你的夢中。

　你可以盡力去模仿他們，但是不要指望他們會和你相像，

因為生命是不倒行的，也不會在昨日停留。

你是弓，而你的孩子是從弦上射發的生命的箭矢。

那射手看到了無盡路上的標靶，於是他用神力將你扯滿，讓他的箭急馳遠射。

你應在射手的掌中感到歡欣；

因為他愛飛去的箭矢，也愛靜存於掌中的彎弓。

| 作者簡介 |

卡里・紀伯倫（Kahlil Gibran）是黎巴嫩阿拉伯詩人、作家、畫家。被稱為「藝術天才」、「黎巴嫩文壇驕子」，是阿拉伯現代小說、藝術和散文的主要奠基人，二十世紀阿拉伯新文學道路的開拓者之一。其主要作品蘊含了豐富的社會性和東方精神，不以情節為重，旨在抒發豐富的情感。

▍悅讀分饗▍

　　這篇有關於親子的論述，或許會給為人父母一些啟示。孩子會長大，他們有純粹屬於他們自己的空間。做父母的要學會放手，盼望自己是那稱職的「弓」，同時相信偉大神聖的射者（神），以祂的愛滋養孩子們，完成此生的使命。

火光

〔俄國〕 柯羅連科

　　很久以前，在一個漆黑的秋天的夜晚，我泛舟在西伯利亞一條陰森森的河上。船到一個轉彎處，只見前面黑魆魆的山峰下面，一星火光驀地一閃。

　　火光又明又亮，好像就在眼前⋯⋯

　　「好啦，謝天謝地！」我高興的說，「馬上就到過夜的地方啦！」

　　船夫扭頭朝身後的火光望了一眼，又不以為然的划起槳來。

　　「遠著呢！」

　　我不相信他的話，因為火光衝破朦朧的夜色，明明在那兒閃爍。不過船夫是對的：事實上，火光的確還遠著呢。

　　這些黑夜中火光的特點是：驅散黑暗，閃閃發亮，近在眼前，令人神往，乍一看，再划幾下就到了⋯⋯其實卻

還遠著呢！……

　　我們在漆黑如墨的河上又划了很久。一個個峽谷和懸崖，迎面駛來，又向後移去，彷彿消失在茫茫的遠方，而火光卻依然停在前頭，閃閃發亮，令人神往──依然是這麼近，又依然是那麼遠……

　　現在，無論是這條被懸崖峭壁的陰影籠罩的漆黑的河流，還是那一星明亮的火光，都經常浮現在我腦際。在這以前和在這以後，曾有許多火光，似乎近在咫尺，不只使我一人心馳神往。可是生活之河仍然在那陰森森的兩岸之間流著，而火光也依舊非常遙遠。因此，必須加勁划槳……

　　然而，火光啊……畢竟……畢竟就在前頭！……

| 作者簡介 |

柯羅連科（Keluolianke, 1853-1921）俄國作家、戲劇家、社會活動家。1879 年進莫斯科大學醫學系。1884 年畢業後在茲威尼哥羅德等地行醫，廣泛接觸平民的生活，這對他的文學創作有良好影響。他筆下的俄羅斯大自然呈現出無比美貌的風情，也許可以說，除前輩的屠格涅夫外，恐怕無出其右了。

悅讀分饗

這是一篇哲理式的小品。

作者在這裡所說的「火光」，已經不再是西伯利亞那條河上的火光了，而是「生活之河」上（或者說「人生之旅」、「事業之途」上），代表著希望、成功與光明的「火光」。這火光看似很近（因為渴望「到達」的心情太迫切），實則很遙遠（因為途中還隔著無數的困難與艱辛），因此，「必須加勁划槳」。在這裡，「划槳」已經變成「勞動」、「戰鬥」、「艱苦創業」等等的代名詞。

這篇哲理性的小品並不是單刀直入的直接說理，而是由「事」入「理」；「事」是「理」的鋪墊，「理」是「事」的昇華。從狹義的「事」過渡到廣義的「理」，二者之間的「結合部」既自然又順暢，「焊接」得天衣無縫。這樣，就既不是盲目的敘事，也不是概念的說理，更不是事、理「分家」的牛頭不對馬嘴。總之，「事」好比泥土做成的土陶坯，雖成型、完整卻沒有光澤；而「理」則是美化它的彩釉，使樸素的「事」煥發出哲理的光輝。像這篇小品，雖然只寫了行船、划槳、河流、火光這樣一些生活中極其

常見的現象，卻引申出了「奮進之船」、「勞動之槳」、「生活之河」、「希望之光」這樣一些帶普遍意義和哲理內涵的形象，給人以意味深長的啟示與深刻難忘的教益。

只有五條街的距離

〔美國〕 雷因

二十五歲的時候，我因失業而挨餓。以前在君士坦丁堡、在巴黎、在羅馬，都曾嘗過貧窮而挨餓的滋味。然而在這個紐約城，處處充溢著富貴氣氛，尤其使我覺得失業的可恥。

我不知道怎麼辦，因為我能勝任的工作非常有限。我能寫文章，但不會用英文寫作。白天就在馬路上東奔西走，目的不是為了鍛鍊身體，因為這是躲避房東的最好辦法。

一天，我在四十二號街碰見一位金髮碧眼的高個子，立刻認出他是俄國的名歌唱家夏里賓先生。記得我小時候，常常在莫斯科帝國劇院的門口，排在觀眾的行列中間，等待好久之後，才能買到一張票，去欣賞這位先生的藝術。後來我在巴黎當新聞記者，曾經去訪問過他。我以為他是不會認識我的，然而他卻還記得我的名字。

「很忙吧？」他問我。我含糊回答了他，我想他已一眼看明白了我的境遇。「我的旅館在第一百零三號街，百老匯路轉角，跟我一同走過去，好不好？」他問我。

走過去？當時是中午，我已經走五小時的馬路了。

「但是，夏里賓先生，還要穿越六十條街，路不近呢。」

「胡說，」他岔著說，「只有五條街。」

「五條街？」我覺得很詫異。

「是的，」他說，「但我不是說到我的旅館，而是到第六號街的一家射擊遊藝場。」

這有些答非所問，但我卻順從的跟著他走。一下子就到了射擊遊藝場的門口，看著兩名水兵，好幾次都打不中目標。然後我們繼續前進。「現在，」夏里賓說：「只有十一條街了。」我搖搖頭。

不多一會兒，走到卡納奇大戲院，夏里賓說，他要看看那些購買戲票的觀眾究竟是什麼樣子。幾分鐘之後，我們重又前進。

「現在，」夏里賓愉快的說，「現在離中央公園的動物園只有五條街了，裡面有一隻猩猩，牠的臉，很像我所

認識的一個唱男中音的朋友。我們去瞧瞧那隻猩猩。」

又走了十二條街,已經回到百老匯路,我們在一家小吃店前面停了下來。櫥窗裡放著一罈鹹蘿蔔。夏里賓奉醫生的囑咐不能吃鹹菜,於是他只能隔窗望望。「這東西不壞呢。」他說,「使我想起了我的青年時期。」

我走了許多路,原該筋疲力盡的,可是奇怪得很,今天反而比往常好些。

這樣忽斷忽續的走著,走到夏里賓旅館的時候,他滿意的笑著:「並不太遠吧?現在讓我們來吃中飯。」

在那席滿意的午餐之前,我的主角解釋給我聽,為什麼要我走這許多路的理由。「今天的走路,你可以常常記在心裡。」這位大歌唱家莊嚴的說,「這是生活藝術的一個教訓:你與你的目標之間,無論有怎樣遙遠的距離,切不要擔心。把你的精神常常集中在五條街的短短距離,別讓遙遠的未來使你煩悶。常常注意於未來二十四小時內使你覺得有趣的小玩意。」

屈指到今,已經十九年了,夏里賓也已長辭人世。在值得紀念的那一天我們所走過的馬路,大都已改變了樣子,可是一直到現在,夏里賓的生活哲學,有好多次都解

決了我的困難。

| 作者簡介 |

雷因，原名雷因・伯吉斯，美國作家。

| 悅讀分饗 |

　　文中的歌唱家說：「在你與你的目標之間，無論有怎樣遙遠的距離，切不要擔心。把你的精神常常集中在五條街的短短距離，別讓遙遠的未來使你煩悶。常常注意於未來二十四小時內使你覺得有趣的小玩意。」

　　在這段精闢的話裡，「目標」、「距離」、「五條街」等等，已經超出了本身的含義，具有一語雙關的內涵，從而蘊含著啓迪人們的生活哲理。歌唱家領著「我」走過的那條長長的馬路，可以引申爲漫長的人生之路、事業之路。我們每一個人的腳下都橫著這樣一條路，而我們常常容易犯的錯誤是：或因目標渺茫就喪失信心，或因路途遙遠就望而卻步。如果我們都像歌唱家那樣，在現實與遙遠的終

極的生活目標之間，豎立起若干個切切實實的就近的路標，把「可望而不可即」的最終目的地，分解成一個個「五條街的距離」，腳踏實地朝前走，那麼，最後的大目標終究會達到的。

黃金國

〔蘇格蘭〕 史蒂文生

　　人生在世，能夠得到的東西似乎很多。世間充滿聯姻婚嫁和決戰廝殺。無論身在何處，在每天的固定時刻，我們最終都不可避免的會將一份食物津津有味的吞入腹中。乍一看，似乎竭盡全力去獲得是喧囂人生的一個目標。但是，從精神層面上來看，這只不過是一個假象。我們身處在一個上升的階段，生活幸福，好事連連，永無止境。目光長遠的人，視野總是開闊；儘管我們居住在這個小星球上，爲日常瑣事而忙，生命短暫，且希望就像群星那樣遙不可及，但我們生來生命不熄，希望不止。眞正的幸福在於我們怎樣開始而不是怎樣結束，在於我們想要什麼而不是我們擁有什麼。渴望永遠是一種快樂，是像不動產一樣堅實的財產，是我們用之不竭，年年給予我們快樂的財富。要想擁有這一切就要達到精神富有。對於那些既沒有

藝術也沒有科學靈感的人來說，世界只不過是顏色的混合體，或是一條崎嶇的小路，走在其上他們很可能會摔傷小腿。正是人類的渴望和好奇心才使得我們充滿耐心的繼續生存；才使得我們被芸芸眾生而吸引；才使得我們每日清晨醒來都會以新的面貌愉快的投入到工作中。渴望和好奇是人們用來觀察這個五彩繽紛世界的兩隻眼睛：他們使女性美麗，化石有趣：只要有這兩道護身符，即使他將財產揮霍而盡，淪為乞丐，如果仍快樂的話，他依然是富有的。假設一個人吃得一頓飯緊湊而豐盛，他將不會再挨餓；假設他一眼就把世間萬象看透，那他對知識就不會那麼渴求；假設他在每個經驗領域都是如此，那他從此以後還有任何樂趣而言嗎？

　　一位徒步旅行的人，背包只裝一本書，他仔細研讀，時常停下來思考，且經常掩卷沉思，凝望風景或觀賞客棧裡的字畫。因為他恐怕樂趣一旦結束，剩下的旅途時光將孤寂無伴。最近一位年輕人讀完了湯瑪斯‧卡萊爾的作品，如果我沒記錯的話，他將關於腓特烈大帝的筆記整整作了十本。「怎麼？」這個年輕人驚叫道，「再也沒有卡萊爾的作品了？那我只好讀報紙了？」一個更出名的例子是關

於亞歷山大的。他痛哭流涕，因為已沒有國家讓他去征服了。當吉本寫完《羅馬帝國興亡史》，也就興奮了一陣子；他懷著一種清醒而又憂鬱的心情與他的勞動成果作別。

我們興奮的把箭射向月亮，但都一無所獲；我們的希望都寄託在遙不可及的黃金國上；我們無疾而終。就像芥菜一樣，收穫興趣只是為了下次的播種。你會認為孩子出生了，一切麻煩都會到此為止；其實這只是新的煩惱的開始；因為你要看著他成長，入學，最終成家，唉！每天都會有新的恐懼，新的複雜情感；你子孫們的健康就像你的健康一樣使你牽腸掛肚。同樣，當你已經娶妻，你會認為你已到了頂，可以步履舒緩的下坡了。但這只是戀愛的結束，婚姻的開始。對於傲慢自大和桀驁不馴的人來說，相愛和贏得愛情都是困難的；但愛情的維持也很重要，做到這一點，夫妻之間就需相敬如賓。真正的愛情故事從聖壇開始，擺在每對新人面前的是一場關於智慧和大度的最壯觀的競爭，且他們要為不可能實現的理想奮鬥終身。「不可能實現」？啊，當然不可能了，這正是因為他們是兩個人而不是一個人。

布道者抱怨，「著書無終。」但卻沒有覺察到他正對

作家這一行業評價是多麼的高。確實，著書立說、體驗、旅行、積聚財富都是沒有止境的。一個問題引發了另一個問題。我們必須終身學習，我們永遠也不會如期望的那樣博學。我們從來沒有塑造出我們夢中的塑像。當我們發現一個新大陸或穿越一座山脈時，卻發現在遠方還有海洋和山川。宇宙茫茫，即使我們再勤勉也沒有盡頭。它不像卡萊爾的著作那樣可以讀完。即使在其一隅，在一私人花園，在一村莊附近，天氣和季節的變化是這樣的迅速無常，以致儘管我們終生生活其中，也總會對周圍的新奇事物感到欣喜與吃驚。

世上只有一種可以實現的願望；只有一樣事物絕對能夠得到：是死亡。死有百態，但無一人能告訴我們死得究竟值不值得。

當我們不做休息，不停的走向幻想時，一幅奇異的畫面展現出來：不知疲倦，勇於冒險的先鋒。確實我們將永遠不會到達目的地；甚至很可能不存在這樣的地方；即使我們活上幾百年，被賦予神的力量，最終也會發現自己沒有接近所欲到達的目標多少。啊，辛勞的雙手！啊，不知疲倦的雙腳，並不知道向何方而去。就快要到了，你就會

覺得自己一定會登上某個光輝的山頂，但再走幾步，在夕陽下，你就會看到黃金國那些尖尖的塔頂。你並不知道自己有多麼的幸福；因為滿懷希望的前進，更勝於到達目的地。真正的成功就是奮鬥。

│ 作者簡介 │

羅伯特・路易士・史蒂文生（Robert Louis Stevenson, 1850-1894），英國著名的小說家、詩人與旅遊文學作家，也是英國文學新浪漫主義的代表人物之一。史蒂文生是多產的作家，他的小說尤其廣受青少年讀者的喜愛，最知名的作品有《金銀島》和《化身博士》。

| 悅讀分饗 |

　　這篇文字的標題為西班牙文，意為「黃金國」，指人類理想中的樂園，揭示出只有通過不斷的努力，才能挖掘幸福人生的奧妙所在，只有為了理想堅持奮鬥才能獲得成功。作者先為真正的幸福下定義：「真正的幸福在於我們怎樣開始而不是怎樣結束，在於我們想要什麼而不是我們擁有什麼。」接著再強調渴望和好奇的重要：「渴望和好奇是人們用來觀察這個五彩繽紛世界的兩隻眼睛。」終身學習是必須的，「因為真正的成功就是奮鬥。」

回首前塵

如何能擁有人生，而不虛度此生？

如何能明斷抉擇，而不踏上歧途？

如何能盡我所愛，也享有所愛？

盼得智慧長者的箴言，讓前塵往事如星河燦爛！

猶大的面孔

〔義大利〕 達文西

　　幾世紀前，一位大畫家爲西西里城裡一座大教堂畫幅壁畫，畫的是耶穌基督的傳記。他費了好幾年工夫，壁畫差不多都已畫好，就只剩下兩個最重要的人物：兒時的耶穌和出賣耶穌的猶大。

　　有一天，他在老城區裡散步，看見幾個孩童在街上玩耍，其中有一個十二歲的男孩，他的面貌觸動了這位大畫家的心，就像天使──也許很髒，卻正是他所需要寫生的面龐。

　　那小孩被畫家帶回了家，日復一日，耐著性子坐著給他畫，終於畫家把聖嬰的臉畫好了。

　　但是這位畫家仍然找不到可以充當猶大的模特兒。一年又一年過去了，他深怕這幅傑作會功虧一簣，所以繼續不斷的物色。

　　這幅傑作沒有完成的情形，傳遍遐邇。許多人自以為面目邪惡，都毛遂自薦，替他充當猶大的模特兒，但都不是老畫家心目中的猶大：不務正業、利欲薰心、意志薄弱的人。

　　一天下午，老畫家照常到酒店喝酒，正當自斟自酌的時候，一個形容憔悴、衣衫襤褸的人搖搖晃晃的走了進來，一跨進門檻就倒在地上。「酒、酒、酒」他乞討叫嚷。老畫家把他攙了起來，一看他的臉，不禁大吃一驚。這幅嘴臉彷彿雕鏤著人間所有的罪惡。

　　老畫家興奮已極，就把這個放浪的人扶了起來，並對他說：「你跟我來，我會給你酒喝，給你飯吃，給你衣穿。」

　　現在，猶大的模特兒終於找到了，於是老畫家如醉如狂的一連畫了好幾天，有時候連晚上也都在畫，一心要完成他的傑作。

　　工作正在進行的時候，那個模特兒竟起了變化。他以前總是神智不清，沒精打采的，現在卻神色緊張，樣子十分古怪。充血的眼睛驚惶的注視著自己的畫像。有一天，老畫家覺察到他這樣激動的神情，就停了下來，對他說：「老弟，你有什麼事這樣難過？我可以幫你的忙。」

那個模特兒低下頭，手捧住臉，哽咽起來。過了很久，他才抬頭，望著老畫家說：「您難道不記得我了嗎？多年以前，我就是您畫聖嬰的模特兒。」

| 作者簡介 |

李奧納多‧達文西（Leonardo da Vinci, 1452-1519），義大利文藝復興時期最負盛名的藝術大師。他不但是個大畫家，還是一位數學家、音樂家、發明家、解剖學家、雕塑家、物理學家和機械工程師。

| 悅讀分饗 |

這篇故事另有不同的版本，有的版本直截了當地點出文中的大畫家就是達文西本人。

儘管版本不同，但故事的根本用意在於點出：面隨心轉。一個人的長相隨著心中善惡之念的增減而起變化，這是人人都能接受的想法。故事的結局也許可以給讀者一些從未有過的啟示。善惡之間的掙扎往往是常人無法避免的。

時間

〔南斯拉夫〕 伍里采維奇

　　我從母親那兒學會如何工作，並憎惡懶惰，她常說：
「時間就是永恆……人們荒廢時間就是荒廢永恆。」她還
常說：「在這世界上沒有什麼美好的東西，也許時間就是
我們擁有的唯一美好的東西；讓我們別荒廢它吧……誰能
知道明天會發生什麼事呢。」

　　時間！然而，這個詞意味著什麼？我們誕生，我們活
著，我們死去，並且認為這一切都是按時發生的，彷彿時
間是某種巨大、崇高、寬廣和深邃的東西；彷彿它是一個
無邊無際的天體，包容著一切發光的世界，包含著生命和
死亡，而這個地球像是藍色的大海，無數的魚在其中相聚
相依，同泳同遊。我們把已經做過的一切叫做過去；把正
在做的一切叫做現在；而我們將要或試圖去做的一切則稱
之為未來。而所有這一切都在我們身內，不在我們身外。

過去了的存貯在我們的記憶中，現在正吸引著我們的注意力，而將要來的則包容在我們的希望和期待之中。

我們總是在期待著什麼；我們的生命就是在期待中耗費掉了；我要說，生命本身就是一種期待。我們認爲某個時刻將會到來，而且一定會到來，那時我們的期待將會實現。在某種情況下，滿足和實現我們的希望似乎依賴於時間，在另一些情況下，我們堅定的相信並且確認，時間依賴於我們，而我們並不能使它縮短或延長。

我們把時間分爲時代、世紀、年代，並給這些虛構的劃分取上名字，把它們看做是某種眞實的存在於它們自身之內，並獨立於我們的意識之外的某種東西。我們相信我們眞正量度了時間，而實際上在我們的意識之外並不存在什麼東西；在我們的書籍之外也不存在什麼東西，在書中我們寫下了我們的思想、我們的謬見和我們空虛的言詞。時間在其自身中什麼也不是；它不是實在，不是實體，而是人的思想、觀念，書中的一個詞，石頭上的一道刻痕。

親愛的逝去的母親，當你說：「時間就是永恆……人們荒廢時間就是荒廢永恆」，或許你說出的是一個巨大的眞理，或許你樸素的思想（並非自覺自願）所要達到的不

是哲學家，而是父親！一個人在他的民族中是個偉人，在上帝面前也是正直的，他也許會這樣祈禱：「教我們計算我們的日子吧，這樣我們就有可能使我們心靈專注於尋求智慧。」

我注意到在天才和頭腦簡單的人之間有某種相似之處，他們都能夠顯示真理，前者通過理性的力量得到它，後者則通過他們的心和愛。庸人並不是真正的人。

| 作者簡介 |

伍里采維奇（Ijudevit Vulieevi, 1840-1916），最著名的南斯拉夫散文作家之一。他寫了大量有關哲學和宗教的隨筆與論文，富於激情和高尚的理想。

悅讀分饗

　　人類早期崇拜太陽，因爲陽光使季節更替，作物生長；崇拜月亮，因爲月光讓人在黑夜辨清野獸與朋友；崇拜大河，因爲水漲水落帶給人們豐收或災難⋯⋯

　　當人類發現自我的時候，人類進入了青少年，發現自我的我們發現生命是一種經歷和里程，我們都是時間的過客，於是萬世長生的念頭進入我們的大腦，就有了今天的科技和創造。最終我們發現我們又回到了起點：我們仍是時間的過客，於是我們學會了尊重時間，理性的利用時間，於是我們有了平常心⋯⋯

阿拉丁神燈

〔美國〕 洛威爾

當我是個貧窮的乞兒，

在溼寒的地窖裡窩身，

我既沒有朋友也無玩具，

但我有一盞阿拉丁神燈；

每當我冷到無法入睡，

腦中就燃起了熊熊烈火，

幻想金瓦輝煌的殿宇，

那是我美妙的夢幻城國！

後來我忍受辛苦力爭上游，

掙得金錢權勢享用不盡，

但我願意以我所有的財富，

換回我已失去的神燈：

命運之神，拿走你隨便選的，

都是你給我的，隨你掠奪；

拿走一切我都不在乎，

因我已失去了夢幻城國。

| 作者簡介 |

詹姆斯‧拉塞爾‧洛威爾（James Russell Lowell, 1819-
1891）生於美國麻塞諸塞州的坎布里奇，家庭是新英格蘭
的名門望族。從哈佛大學畢業取得法學學位後，致力於詩
歌和散文的創作。1855 年，他繼亨利‧華滋華斯‧朗費羅
之後成為哈佛大學的文學教授，同時兼任《大西洋月刊》
和《北美評論》兩家著名雜誌的主編。他曾先後在西班牙
和英國出任美國公使。

▌悅讀分饗▌

　　這篇詩以神燈為象徵，有求必應的神燈應是幸福的象徵；以異國傳統童話作為創作基底，是向古典的互文技巧。

　　整首詩諷刺在大人的世界中，只存在著物質生活的享受，卻比不上小孩擁有無限的想像，及天真純潔的心靈。等到失去了赤子之心，那是一種再多的金錢也買不回來的遺憾。

　　全篇形式整齊統一，隔句押韻，穩定的節奏使詩作具韻律感。採用浪漫的素材，行使諷刺的技巧，來表現現實嚴肅的議題。警醒讀者，也引發省思效果。另外，以貧困孩童作為詩中的主角，顯示作者關切低階層人民。

奧茲曼迪亞斯

〔英國〕 雪萊

我遇見一位來自古國的旅人

他說：有兩條巨大的石腿

半掩於沙漠之間

近旁的沙土中，有一張破碎的石臉

抿著嘴，蹙著眉，面孔依舊威嚴

想那雕刻者，必定深諳其人情感

那神態還留在石頭上

而斯人已逝，化作塵煙

看那石座上刻著字句：

「我是萬王之王，奧茲曼迪亞斯

功業蓋世，強者折服。」

此外，蕩然無物

廢墟四周，唯餘黃沙莽莽

寂寞荒涼，伸展四方

（翻譯：楊絳女士）

| 作者簡介 |

雪萊（Percy Bysshe Shelley, 1792-1822），英國文學史上最有才華的抒情詩人之一，更被譽為詩人中的詩人。其一生見識廣泛，不僅是柏拉圖主義者，更是個偉大的理想主義者。他創作的詩歌節奏明快，積極向上。代表作品有長詩《解放了的普羅米修士》和《倩契》，以及不朽的名作《西風頌》。

| 悅讀分饗 |

作者用戲劇性反諷，諷喻武功彪炳者生前固然顯赫一時，自以為他的英名將會永垂後世，為千秋萬代敬仰和膜拜，殊不知他死後旋即和草木同朽，只留下他的狂妄自大供人揶揄調侃，徒然成為笑柄而已。

三顆桃核

羅奈爾得・鄧肯

　　仔細觀察一個小孩，隨便哪個小孩都行，你會發現，他每天都會發現一兩件令他快樂的事情，儘管過一會兒他可能會哭哭啼啼。再看看一個大人，我們中間任何人都行，你會發現，一週復一週，一月又一月，他總是以無可奈何的心情迎接新的一天，以溫文爾雅、滿不在乎的心情忍受這一天的消逝。確實，大多數人都跟罪人一樣苦惱難受，儘管他們太百無聊賴，連罪惡都不犯──也許他們的冷漠就是他們的罪孽。真的，他們難得一笑。如果他們偶爾笑了，我們會認不出他們的容貌，他們的臉會扭曲走樣，不再是我們習以爲常的固定不變的面具。即使在笑的時候，大人也不會像小孩兒那樣，小孩兒用眼睛表示笑意，大人只用嘴唇。這實際上不是笑，只是咧咧嘴；表示一種心情，但跟快樂無關。然而，人人都能發現，人到了一定地步（但

又有誰能解釋這是什麼地步呢？），成了老人，他又會笑了。

看起來，幸福同純眞的赤子之心有關係，幸福是一種能從最簡單的事物裡——譬如說，核桃——汲取快樂的能力。

幸福顯然同成功毫不相干。因爲亨利‧斯圖亞特爵士當然是個成功的人。二十年前，他從倫敦來到我們的村子，買了好幾座舊房屋，推倒後建了一所大房子。他把這所房子當作度週末的場所。他是位律師。我們村裡的人帶著一種幾近父輩的驕傲心情追隨他那輝煌的業績。

我記得，大約十年前他被任命爲王室法律顧問，阿莫斯和我看見他走下倫敦開來的火車便上前去表示祝賀。我們高興的笑著；而他的表情卻跟接到判刑通知書一樣悲慘。他受封當爵士時也是如此，他沒有一絲笑容，他甚至不屑於在藍狐狸酒館請我們大家喝杯酒。他對待成功就像小孩吃藥一樣，任何一項成就都未能使他疲憊的眼裡露出一絲笑意。

他退休以後可以在花園裡隨便走走，幹些輕鬆的活。有一天，我問他一個問題：一個人實現了一切雄心壯志是

什麼滋味？他低頭看著玫瑰花，澆著水。過了一會兒，他說：「實現雄心壯志的唯一價值是你發現它們都不值得追求。」他立刻改變話題討論有實際意義的事情，我們很快談論起萬無一失的天氣問題。這是兩年前的事。

我想起這件事情，因為昨天我經過他的家，把我的大車停在他花園的牆外邊。我從大路把車趕到他花園外邊是為了讓路給一輛公共汽車。我坐在車上裝菸斗時忽然聽見院牆裡面傳來一聲欣喜欲狂的歡呼。

我向牆內張望。裡面是亨利爵士，他歡蹦亂跳像在跳部落出征的舞蹈，表現出毫無顧忌的真正的快樂。他發現了我在牆頭張望的迷惑不解的面孔，他似乎毫不生氣，也不感到窘迫，而是大聲呼喊叫我爬過牆去。

「快來看，傑。看呀！我終於成功了！我終於成功了！」

他站在那裡，手上拿著一小盒土。我發現土裡有三顆小芽。

「就只有這三個！」他眉開眼笑的說。

「三個什麼東西？」我問。

「核桃。」他回答道，「我一直想種核桃，從小就想。

每當我參加晚會後總是把核桃帶回家，後來長大成人參加宴會後也這樣。我以前常常種核桃，可是過後就忘了我種在什麼地方。現在，我總算成功了。還有，我只有三個核桃。你瞧，一、二、三顆芽。」他數著說。

亨利爵士跑了起來，叫他的妻子來看他的成功之作——他的單純而樸實的成功之作。

| 作者簡介 |
羅奈爾得‧鄧肯，生平不詳。

| 悅讀分饗 |

人一生中總是不斷在追求幸福與快樂，但由於每個人的條件和欲望不同，所謂的「幸福」與「快樂」根本無法量化，何況絕大數人不能確實知道自己想追求的，因此最後往往落空。作者先從觀察孩子對快樂的簡單希求，進而談到大人的難得一笑。他說：「幸福同純真的赤子之心有關係，幸福是一種能從最簡單的事物裡汲取快樂的能力。」

因此，文中那位被人認為功成名就的亨利爵士實際上並不快樂，直到他的核桃長出三顆小芽，達成單純而樸實之作，他才認為自己成功了。

作者嘗試告訴我們，世俗對於成功的看法並不適合於每個人。人生要追求的不僅僅是名與利。生活儉樸或許也是一種幸福。

頓悟

佚名

　　1997 年，六十五歲的稻盛和夫因身體不適住進醫院，經診斷為胃癌。手術進行得很順利，然而身體上的癌細胞雖然被切除了，精神上的苦悶卻不能隨著手術刀的起落而煙消雲散。

　　在日本，稻盛和夫有「經營之神」之稱，他一生都在奮鬥，經他親手創辦的兩家公司京瓷（Kyocera）和第二電電（KDDI）都進入了世界五百強。事業上的成就以及對社會的功績都使他無愧於「神人」的稱號，但是億萬的財富卻不能夠讓他回答這樣一個簡單的問題：「人生的意義究竟是什麼？」

　　兩個月後，稻盛和夫剛剛走出醫院大門，就邁進了京都圓福寺的廟門，他辭去公司的一切職務，告別了凡塵俗務，剃度出家，被賜法號「大和」。一生篤信佛教的他想

通過修行，尋找到心中的答案。

在寺院裡，他不再是「神人」，而是成了一個和芸芸眾生一樣的普通僧人。雖然他擁有的金錢可以買下很多個這樣的寺院，但他在這裡沒有任何特殊的地方。一樣的僧舍，一樣的衣服，一樣的食物，甚至身體尚未恢復，也要手捧托缽，到附近的人家，挨門挨戶地去化緣。

那是深秋的一天，天氣已經有了冬天般的寒冷。稻盛和夫身著青布袈裟，頭戴竹斗笠，光著腳，穿著草鞋，走進村落，一家一家的站在門前誦經、請求布施一些錢和米。

托缽化緣是一件苦差事，從被瀝青劃破滲出了血，他強忍疼痛，化緣了幾個小時。黃昏時，稻盛和夫拖著筋疲力盡的身體、邁著沉重的腳步踏上回程。返回寺廟，要穿過一個公園的大片樹林。風吹過時，便有很多落葉如蝴蝶一樣飛舞著飄落下來，隱沒在地上厚厚的一層落葉裡，融為枯黃的一片。眼前晚秋的悲涼，讓稻盛和夫想到了人生的境遇，他不禁嘆了口氣。

這時，馬路對面一個正在掃地的老婆婆放下手中的掃帚，徑直向他走了過來，伸手從裡邊的衣袋裡，摸出一枚一百日元的硬幣，遞到稻盛和夫的手裡，說道：

「你是修行的出家人吧，你的肚子一定很餓了，這個你拿去，買點麵包什麼的填填肚子。」

當一隻蒼老的手，把一枚硬幣塞進手裡的瞬間，稻盛和夫就像全身被電擊一樣，激動得全身顫抖，眼淚一下子就流了出來，他體驗到一種從未有過的幸福感。也就是在那一瞬間，彷彿醍醐灌頂般，他突然感覺自己開悟了，達到了一直苦苦追求的幸福的境界。

稻盛和夫後來描述當時的感受：「那種感覺無法用語言表達，這就是幸福的至高境界。那種淚流滿面的幸福，不是用腦來感覺到的，而是全身的細胞都能感覺到，這可能就是內心開悟的人能夠感受到的幸福吧。」

不久，稻盛和夫就離開寺院，還俗了。他現在有了新的使命，他要把一種活法和善的理念傳揚下去。

如今，年已八十二歲高齡的他依然奔波在天上地下的旅途中，奔波於人們心靈的世界裡。稻盛和夫最不缺少的東西，可能就是金錢。區區一百日元實在微不足道，然而那個看上去生活並不富裕的老婆婆，卻毫不遲疑、也不見絲毫傲慢的對他人流露出的悲憫之心，卻讓一輩子在錢海裡打交道的「神人」澈悟人生的幸福。

　　在這個世界上，金錢對於人生的意義，並不能以多少來衡量，關鍵是其中含有多少「愛意」與「善念」。感受別人給予的愛，接受別人愛心的饋贈，何嘗不是一種「存在的價值」呢？

　　我們活在世上，需要溫暖別人，也需要別人的溫暖，只有相互的心都有溫度，這個世界和整個人生才不會因絕望而失去意義。永遠不要放棄自己，永遠不要放棄別人，在困境中能走向光明，要靠祈求。祈求諸佛菩薩慈悲攝受，加持護祐，祈求師長貴人指導提拔，指點迷津。祈求同行善友攜手同心，互相提攜，祈求自己更加智慧，洞徹一切緣起真相。祈求自己更加慈悲，包容寬恕別人，並努力去造福一切眾生。祈求我能學會祈求，並隨時隨地，不忘祈求。

悅讀分饗

　　人在年輕力壯時，總是往名利堆裡鑽，等到有一天得了重病，回顧過去，才會去尋求人生的眞正意義。有「經營之神」之稱的稻盛和夫在得了胃癌後，回頭來尋找「人生的意義究竟是什麼？」這個問題的最佳答案。剃度爲僧的苦行僧日子，一直到掃地的老婆塞給他一枚硬幣時，他才獲得點化，內心開悟。他終於懂得並學會如何去傳達「愛意」和「善念」。

兩條路

〔德國〕　里克特

　　新年的夜晚。一位老人佇立在窗前，他悲戚的舉目遙望蒼天，繁星宛若玉色的百合漂浮在澄靜的湖面上。老人又低頭看看地面，幾個比他自己更加無望的生命正走向他們的歸宿——墳墓。老人在通往那塊地方的路上，也已經消磨掉六十個寒暑了。在那旅途中，他除了有過失和懊悔之外，再也沒有得到任何別的東西。他老態龍鍾，頭腦空虛，心緒憂鬱，一把年紀折磨著老人。

　　年輕時代的情景浮現在老人眼前，他回想起那莊嚴的時刻，父親將他置於兩條道路的入口……一條路通往陽光燦爛的升平世界，田野裡豐收在望，柔和悅耳的歌聲四方迴蕩；另一條路卻將行人引入漆黑的無底深淵，從那裡湧流出來的是毒液而不是泉水，蛇蟒到處蠕動，吐著舌箭。

　　老人仰望昊天，苦惱地失聲喊道：「青春啊，回來！

父親喲，把我重新放回人生的入口吧，我會選擇一條正路的！」可是，父親以及他自己的黃金時代都一去不復返了。

他看見陰暗的沼澤地上空閃爍著幽光，那光亮遊移明滅，瞬息即逝了。那是他輕拋浪擲的年華。他看見天空中一顆流星隕落下來，消失在黑暗之中。那就是他自身的象徵。徒然的懊喪像一支利箭射穿了老人的心臟。他記起了早年和自己一同踏入生活的夥伴們，他們走的是高尚、勤奮的道路，在這新年的夜晚，載譽而歸，無比快樂。

高聳的教堂鐘樓鳴鐘了，鐘聲使他回憶起兒時雙親對他這浪子的疼愛。他想起了發蒙時父母的教誨，想起了父母為他的幸福所作的祈禱。強烈的羞愧和悲傷使他不敢再多看一眼父親居留的天堂。老人的眼睛黯然失神，淚珠兒汍然墜下，他絕望的大聲呼喚：「回來，我的青春！回來呀！」

老人的青春真的回來了。原來，剛才那些只不過是他在新年夜晚打盹兒時做的一個夢。儘管他確實犯過一些錯誤，眼下卻還年輕。他虔誠的感謝上天，時光仍然是屬於他自己的，他還沒有墮入漆黑的深淵，盡可以自由的踏上那條正路，進入福地洞天，豐碩的莊稼在那裡的陽光下起

伏翻浪。留心「美的發現」，記住「美的晨光」！

| 作者簡介 |

讓·保爾·里克特（1763-1825），德國小說家。代表作有長篇小說《赫斯佩斯》等，文藝理論著作《美學入門》等。

| 悅讀分饗 |

「少壯不努力，老大徒傷悲。」青春是無價的，一旦失去就無法以任何形式贖回。作者以夢的形式，通過具體的語言、心理描寫，塑造了一個在人生入口處，曾經選擇錯誤道路而懊悔不已的老人形象，目的是借以傳達作者對生活的感受，勸誡那些尚在人生入口徘徊的人們，要清醒的選擇正確的人生之路，在年輕的時候，創造輝煌的生命，不要把遺憾和悔恨留給未來。文章主題很明顯，就是勸誡人們珍惜時光，可是文章用了非常新奇的手法來闡述主題，不落俗套，文章開篇創造的夢境對比強烈，給人以深刻的震撼。

世間多驚奇

期盼走在安穩的路，一條無風無雨的光明大道；
但柳暗花明的景致，常在轉角處、險山外；
絕美的彩虹和極光，需要忍受烏雲和酷寒。
當命運之神投出變化球時，就換個姿勢出擊吧！

蓋茨堡演講詞

〔美國〕亞伯拉罕・林肯

　　偉大的蓋茨堡戰役於 1863 年 7 月在這個賓夕法尼亞小鎮的街上及其周圍地區持續了三天之久，此次戰役是內戰的轉捩點。國會決定把這一片曾有許多英勇戰士犧牲生命的戰場建爲國家公墓。林肯總統親自從華盛頓前來爲此墓地舉行揭幕典禮。他在 1863 年 11 月 19 日所發表的獻詞雖然很短，但卻是所有闡釋民主信念的最雄辯動人的演講詞之一。

　　八十七年以前，我們的祖先在這大陸上建立了一個新的國家，它孕育於自由，並且獻身給一種理念，即所有人都是生來平等的。

　　當前，我們正在從事一次偉大的內戰，我們在考驗，究竟這個國家，或任何一個有這種主張和這種信仰的國

家，是否能長久存在。我們在那次戰爭的一個偉大的戰場
上集合。我們來到這裡，奉獻那個戰場上的一部分土地，
作為在此地為那個國家的生存而犧牲了自己生命的人永久
眠息之所。我們這樣做，是十分合情合理的。

可是，就更深一層意義而言，我們是無從奉獻這片土
地的——無從使它成為聖地——也不可能把它變為人們景
仰之所。那些在這裡戰鬥的勇士，活著的和死去的，已使
這塊土地神聖化了，遠非我們的菲薄能力所能左右。世人
會不大注意，更不會長久記得我們在此地所說的話，然而
他們將永遠忘不了這些人在這裡所做的事。相反的，我們
活著的人應該獻身於那些曾在此作戰的人們所英勇推動而
尚未完成的工作。我們應該在此獻身於我們面前所留存的
偉大工作——由於他們的光榮犧牲，我們要更堅定的致力
於他們曾作最後全部貢獻的那個事業——我們在此立志誓
願，不能讓他們白白死去——要使這個國家在上帝庇佑之
下，得到新生的自由——要使那民有、民治、民享的政府
不致從地球上消失。

|作者簡介|

亞伯拉罕・林肯（Abraham Lincoln, 1809-1865），美國政治家、思想家，黑人奴隸制的廢除者。第16任美國總統，其任總統期間，美國爆發內戰，史稱南北戰爭，林肯堅決反對國家分裂。他廢除了叛亂各州的奴隸制度，頒布了《宅地法》、《解放黑人奴隸宣言》。林肯擊敗了南方分離勢力，維護了美利堅聯邦及其領土上不分人種，人人生而平等的權利。內戰結束後不久，林肯遇刺身亡，是第一個遭遇刺殺的美國總統，也是首位共和黨籍總統，曾位列最偉大總統排名第一位，也是當今評出的最有作為的總統之一（其他兩位為喬治・華盛頓、佛蘭克林・羅斯福。）

|悅讀分饗|

　　文字洗練、言簡意賅，充分展現「文字的張力」（the power of words）；更重要的是它彰顯民主、自由與平等的普世價值。仔細推敲林肯〈蓋茨堡演講詞〉中的每一個精選詞彙、嚴謹的句法結構，以及整體文字所凸顯的宏觀與前瞻思維，讀者大概都可以體會到它的歷史定位與全方位教育價值。

　　〈蓋茨堡演講詞〉中的宏觀正義、精緻內涵與修辭藝術，是全球研究英語文的人士必讀，甚至悉心背誦的一篇

經典作品。

　　〈蓋茨堡演講詞〉中強調的「自由」（liberty, freedom）、「人類生而平等」、（... all men are created equal）、「民有、民治、民享的政府」（government of the people, by the people, for the people）政治哲學與人權理念，儼然昇華成為〈蓋茨堡演講詞〉的主軸，也締造了它傳誦久遠的歷史地立。

紀念

〔捷克〕　魏斯柯普夫

畢卡索在希特勒警衛旗隊進入巴黎之後，沒有受到這些侵略者的擾害，這眞使他和他的朋友驚異。其實這完全是因爲德國宣傳部想把這件事作爲在國外大吹大擂的資本。

後來希特勒警衛旗隊軍官和大兵不時造訪畢卡索的工作室。畢卡索一語不發的接待這些不速之客，一語不發的領著他們東看西看，臨走時送給他們一張複印的納粹飛機炸毀巴斯克人的格爾尼卡市的名畫，然後他說兩個字，而且總說這兩個字：「紀念！」

有一天，一個德國祕密員警警官去看畢卡索，他把這張複印的畫給畢卡索看，問道：「這是您做的嗎？」

「不是，」他反駁說，同時搖著頭，「這是你們做的。」

這個特務也許完全聽懂了；也許沒有聽懂畢卡索的回

答：也許畢卡索的勇敢嚇住了他；也許他認為這是瘋子的說法……這都由他去吧。他走了，畢卡索再沒聽到什麼下文。這是 1944 年的事情。

｜作者簡介｜

魏斯柯普夫（1900-1955），捷克人。1928 年遷居德國，用德語從事寫作。希特勒攫取政權後，被迫離開德國。先後住在布拉格、巴黎、紐約。1953 年移居德國，繼續文學工作。寫有長篇小說《莉茜》、《與和平告別》和軼事集《我們時代中的苦難和偉大》等，揭露法西斯的欺騙手段和納粹軍隊在占領地區的暴行。

｜悅讀分饗｜

　　文中畢卡索只有短短兩句話，而他的性格卻非常鮮明的展現在讀者面前，我們看到的是一位堅毅、沉著、冷峻、機智的藝術家，一位愛恨分明的和平戰士。而我們印象最深的，則是他的幽默。所謂幽默，就是通過影射、諷喻、雙關等手法，在微笑中揭露現實生活中荒謬現象的可笑之

處。幽默是一種高雅的素養，是智慧的火花。在面對凶殘敵寇的嚴峻情況下要做到幽默，就更需要大智大勇和非凡的素養。對於蜚聲世界畫壇、屈指可數的大藝術家畢卡索來說，在特定環境下的幽默感，可說是他的正直品行與非凡性格的自然流露。

幽默感這種「高雅的素養」、「智慧的火花」會使你和周圍的人都得到生活中最珍貴的禮物——微笑；而微笑，是精神生活的「陽光」和「空氣」……本文中畢卡索的幽默，是不畏強暴的勇者的幽默，因而就更非常人所能做到，更為難能可貴了。

願生生世世爲矮子

〔菲律賓〕 羅慕洛

有一次，巴黎舉行的聯合國會議席間，我和蘇聯代表
團團長維辛斯基激辯。我諷刺他提出的建議是「開玩笑」。
突然之間，維辛斯基把他所有輕蔑別人的天賦都向我發揮
出來。他說：「你不過是個小國家的小人罷了。」

在他看來，這就是辯論了。我的國家和他的相比，不
過是地圖上一個點而已。我自己穿上鞋子，身高只有一米
六三。

即使在我家中，我也是矮子。我的四個兒子全比我高
七、八公分。我的太太穿高跟鞋的時候，也要比我高一寸。
我們婚後，有一次她接受訪問，曾謙虛的說：「我情願躲
在我丈夫的影子裡，沾他的光。」一個熟朋友就打趣的說，
這樣的話，就沒有多少地方好躲了。

我身材矮小，和鼎鼎大名的人物在一起，常常特別惹

人注意。第二次世界大戰期間，我是麥克阿瑟將軍的副官，他比我高二十公分。那次登陸雷伊泰島，我們一同上岸，新聞報導說：「麥克阿瑟將軍在深及腰部的水中走上了岸，羅慕洛將軍和他在一起。」一位專欄作家立即拍電報調查眞相。他認爲如果水深到麥克亞瑟將軍的腰部，我就要淹死了。

我一生當中，常常想到高矮的問題。我但願生生世世都做矮子。

這句話可能會使你詫異。許多矮子都因爲身材而自慚形穢。我得承認，年輕的時候也穿過高底鞋。但用這個法子把身材加高實在不舒服，並不是身體上的，而是精神上的不舒服。這種鞋子使我感到，我在自欺欺人，於是我再也不穿了。

其實這種鞋子剝奪了我天賦的一大優勢。因爲：矮小的人起初總被人輕視；後來，他有了表現，別人就出乎意料，不得不佩服起來，在他們心目中，他的成就也就格外出色。

有一年我在哥倫比亞大學參加辯論比賽，初次明白了這個道理。我因爲矮小，所以樣子不像大學生，就像小學

生。一開始，聽眾就為我鼓掌助威。在他們看來，我已經居於下風，大多數人都喜歡看居下風的人得勝。

我一生的遭遇都是如此。平平常常的事經我一做，往往就似乎成了驚天動地之舉，因為大家對我毫不寄以希望。

1945 年，聯合國創立會議在舊金山舉行，我以無足輕重的菲律賓代表團團長身分，應邀發表演說。講臺差不多和我一樣高。等到大家靜下來，我莊嚴的說出這一句話：「我們就把這個議場當作最後的戰場吧。」全場登時寂然，接著爆發出一陣掌聲。我放棄預先準備好的演講稿，暢所欲言，思如泉湧。後來，我在報上看到當時我說了這樣一段話：「維護尊嚴，言辭和思想比槍炮更有力量……唯一牢不可破的防線是互助互諒的防線！」

這些話如果是大個子所說，聽眾可能客客氣氣的鼓一下掌。但菲律賓那時離獨立還有一年，我又是矮子，由我來說，就有意想不到的效果。從那天起，小小的菲律賓在聯合國大會就被各國當作資格十足的國家了。

矮子還占一種便宜：通常都特別會交朋友。人家總想衛護我們，容易對我們推心置腹。大多數的矮子早年就都

懂得：友誼和筋骨健碩、力量一樣強大。

　　早在 1935 年，大多數的美國人還不知道我這個人，那時我應邀到聖母大學接受榮譽學位，並且發表演說。那天羅斯福總統也是演講人。事後他笑吟吟的怪我「搶了美國總統的風頭。」

　　我相信，身材矮小的人往往比高大的人富有「人情味」而平易近人。他們從小就知道決不可自視太高。身材魁梧的人態度矜持，別人會說他有「威儀」。但是矮小的人擺出這種架子來，人家就要說他「自大」了。

　　矮子如果稍有自知之明，很早就會明白脾氣是不好隨便亂發的。大個子發脾氣，可能氣勢洶洶，矮子就只像在亂吵亂鬧了。

　　一個人有沒有用，和個子大小無關。反之，身材矮小可能真有好處。歷史上許多偉大的人物都是矮子。貝多芬和納爾遜都只有一米六三，但是他們和只有一米五二的英國詩人濟慈及哲學大師康德相比，已經算高大的了。

　　當然，還有一位最著名的矮子是拿破崙。好些心理學家說，歷史上之所以有拿破崙時代，完全是拿破崙的身材作祟。他們說，他因為矮小，所以要世人承認他真正是非

常偉大的人物，失之東隅，藉此收之桑榆。

　　本文一開始，我就提到蘇聯代表維辛斯基因為我膽敢批評他的國家而出言相譏的事。我不喜歡別人以為我任憑他侮辱矮子，而不加反駁。他一說完，我就跳起身來，告訴聯合國大會的代表說，維辛斯基對我的形容是正確的。但是我又說：「此時此地，把真理之石向狂妄的巨人眉心擲去──使他們的行為有些檢點，是矮子的責任！」

　　維辛斯基凶狠的瞪著眼，但是沒有再說什麼。

| 作者簡介 |

卡洛斯・佩納・羅慕洛（Carlos Pena Romulo, 1901-1985），菲律賓軍事家、政治家和新聞記者。1941年因第二次世界大戰前對太平洋地區軍事形勢的報告估計正確，而獲普利茲新聞獎。同年成為麥克阿瑟將軍的副官，並以「自由之聲」電臺廣播蜚聲世界。曾在菲律賓流亡政府中任新聞部長。戰後任菲律賓駐聯合國首席代表，參與起草《聯合國憲章》。是戰後外交舞臺上的著名人物。

┃悦讀分饗┃

　　這篇文章雖然專談「矮人」有「大用」，給我們思路方面的啓發卻遠不止此。它引發我們更多的聯想——豈止「身材矮小」，別的生理缺陷也能變成長處（比如貝多芬耳聾而成爲偉大作曲家留下不朽作品）；豈止生理缺陷，人生的不幸遭遇也能化爲動力變成長處（比如司馬遷被誣下獄處「宮刑」而著《史記》，孫臏被陷害割去膝蓋骨而修成《兵法》）；廣義而言，幾乎所有的「短處」都可以變成長處（比如「笨」鳥先飛、「愚」公移山等），本文的這些延伸涵義，就靠讀者仁者見仁、智者見智去加以理解了。

　　全文的格調是機智、幽默、風趣，文章本身就足以證明這位「矮子外交家」確是才華橫溢。關於妻子躲在「丈夫的影子裡」而因丈夫矮小就無處可躲的自我解嘲，關於站在高大的麥克阿瑟將軍水深齊腰的地方「我就要被淹死了」的自我揶揄，以及處處承認並「宣傳」自己以「矮」爲榮的「自我取笑」，構成了羅慕洛夫的「矮人的幽默」，在妙趣橫生中顯露出輕鬆活潑的文筆。另外，本文以維辛

斯基諷刺「矮人」的事情發端，然而卻「按下不表」，待做過許多事實的引證與生動的描寫之後，才又回到開頭的「舌戰」，以作者引用《聖經》中的話反脣相譏作結，不僅首尾相銜，前後呼應，而且絕佳的表現了作者的性格和文章的主題。

堤防裡的洞

〔美國〕帕爾瑪

　　太陽漸漸落到鬱金香和風車後面，一位名叫彼得的荷蘭男孩的父母在他們低矮的鸛巢籠蓋的農舍裡吃著簡便的電視餐。經過漫長系列的商業廣告後，彼得的母親往餐桌四周看了一眼，大叫著，「天呀！彼得到那兒去了？」

　　「給妳問住了，」父親目不斜視的看著螢光幕。他通常都黏在電視上。「等一下他出現時，我得好好跟他談一談。」

　　太陽終於下山了，夜晚降臨。最後一個廣受歡迎的電視節目結束了，彼得的父親外出去尋找他的兒子。他這兒走走，那兒走走，穿過鬱金香，最後在遠處，擋住大海的大壩邊，聽到一個男孩微弱的叫聲。

　　他匆忙趕過去，發現兒子蹲坐在高聳堤防邊，一隻手臂到手肘部分都在泥巴中。

「哼，你這個蘿蔔頭！」父親大叫。「你認為你在做什麼？立刻離開那堆髒東西！」

他抓住彼得乾淨的手臂，開始拉他站起來。

「不要！不要！」彼得放聲叫著。「爸爸，不要……堤防這兒！我認為它要……」

「去他的堤防！」他父親驚叫著。「想想看，真的！沒人付錢給像我們這樣的人去思考問題。哼，我們的地主最近雇了兩個高薪的農業專家幫他思考！至於這些堤防，政府已經找了訓練有素的工程師來留心堤防，他們每天都開車沿路巡邏。想想看，真的！」

「但，爸爸，」彼得哭叫著，淚汪汪的、失望而絕望，「堤防這兒！它在漏水！堤防裡有個漏洞！」

「那是你的看法！」他父親說道，用力一拉，把他的兒子跟堤防裡的那個宣稱的洞分開。

「不行！不行！」彼得哭叫著，掙扎著要回到堤防邊，但無效。「我的英雄獎章！我的電視露面！你破壞了每一件事！讓我留下來，至少等到你把攝影師找來！」

「老天爺幫幫我們的忙，」狂怒的父親喃喃而言，拉著彼得離開堤防，朝家裡走去。「電視永遠會把他毀了！

它把超過這孩子生活中地位的太多想法給了他！」

當然，那天晚上堤防毀壞了。

| 作者簡介 |

帕爾瑪（Orville Palmer），美國人，生平不詳。

| 悅讀分饗 |

我們幾乎都曾聽過荷蘭小英雄彼得如何用手指堵住海堤洞眼，救了眾人性命的故事。這篇作品的男孩同樣叫彼得，做同樣的動作，但卻變了調。

在電視風靡的年代裡，全家人都熱中於看電視，吃簡便的電視晚餐。彼得父親在長期被現實折磨後，心態上畫地自限，言語稍帶偏激。他沒有理想，滿腹牢騷，當然不能接受彼得的想法。彼得整隻手臂到手肘部分都陷在泥巴中，不禁讓人懷疑：洞是不是他自己挖的？他想在電視上露面，希望找來攝影師。父親強行拉走他，終於釀成悲劇。

全文簡短緊湊，嘲諷性十足。

走錯了屋子

〔美國〕 詹姆士・楊

夜色昏暗。屋子暗暗的。既暗又靜。兩個人靜悄悄的跑向屋子。他們快速的悄悄溜入，穿越環繞屋子的黝黑矮樹叢。他們到了門廊，很快的跑上階梯、跪下，在漆黑的影子當中沉重的呼吸著。他們等候著——聆聽著。

寂靜，全然的寂靜。接著從黑暗中傳出低語，「我們不能這樣待在外面……拿好這個手提箱……我來試試這串鑰匙。我們必須想辦法進去！」

十秒……二十秒……三十秒。這個人用其中的一把鑰匙打開了門。靜靜的，兩個人就進了屋裡，隨手關上門，鎖好。

他們低聲討論整個狀況。他們弄不清楚是否吵醒了屋裡的人。

過了一會兒。「我們仔細瞧瞧這個地方！」「小心，

赫斯帝！」

「喔，沒人醒過來！」手電筒柔和的光線掃過屋裡。

那是一個大房間。一間起居室。地氈小心翼翼的捲好，堆在一邊。家具──椅子、餐桌和長凳──用被單遮住。塵土像一層細沙落在每樣東西上方。

拿手電筒的那個人先說話。「喂，布雷基，」他說，「我們運氣不錯。這家人看起來好像不在家。」

「沒錯。我猜他們都出門避暑去了。我們最好確定一下。哈。」

他們一起搜查屋裡。他們躡手躡腳穿過每個房間。毫無疑問，這家人外出去了。已經離開好幾個星期了。

沒錯，赫斯帝‧霍根和布雷基‧彭恩斯運氣不錯。過去十天，只有一次他們的運氣讓他們失望了。他們在西岸犯下最大搶案──他們真正偉大的搶案，運氣一直與他們同在。他們駕車東行千里時，一直走運。每一分鐘，運氣都與他們同在──只有一次例外。

就在一小時前，那個時刻出現了。就在布雷基駕車輾過一個員警時，霉運的時刻來到了。布雷基一想到赫斯帝腳邊的手提箱，加速逃走。十分快速。

當然免不了來場追逐戰。一場瘋狂的追逐。一個子彈穿過油箱，他們只好棄車而逃。但幸或不幸，他們現在人就在這兒。孤孤單單，沒有車子，置身在一個全然陌生的鎮上，但身邊帶著手提箱，安安全全，無恙無損。

手提箱就在餐桌中央，在房間中央。在手提箱裡，一小包一小包擺得整整齊齊的是將近三百萬元！

「聽著，」霍根先生說。「我們得弄部車子，而且要快。但我們不能去偷一部來用。這太危險了。我們必須買一部。那是說我們必須等到車行開門。在這鎮上大概是八點鐘。」

「但那樣東西我們要怎麼處理？」彭恩斯指著手提箱。

「就把它藏在這兒。當然！為什麼不這樣做？在這兒比在我們身邊安全多了——等我們弄到車子。」

因此他們把手提箱藏了起來。他們提著走下地下室，把它深深的埋入放在地下室某個角落的煤堆裡。完成後，就在天亮前，他們溜了出去。

「哎呀，布雷基，」他們走在街道時，霍根先生說。「我們拜訪的紳士的名字是撒米爾·羅哲士。」

「你怎麼知道的？」

「就在那堆書裡的幾本上面看到的。他的確有個很棒的書房，不是嗎？」

正如霍根先生所意料的，汽車商門市部八點開門。九點前，霍根先生和彭恩斯先生擁有了一部車子。一部不錯的小車子。非常安靜。非常不醒目。而且非常快速。銷售員把他的牌照借給他們，他們就把車開走了。

他們在距離屋子三條街處停了下來。霍根先生下了車，走向屋子。他只想繞到後面溜進去。

他在距離屋子五十碼處停了下來。兩眼睜得大大的，嘴裡輕輕的咒罵著。前門打開了。窗簾拉上去了。這家人已經回來了！

嗯，真是倒楣。他們要做些什麼呢？晚上闖入地下室，取走手提箱？不行──太危險了。霍根先生必須另想他法。

「夥伴，這事留給我來辦，」他跟彭恩斯先生。「你開車。傷腦筋的事我來做。我們先找一部電話。快！」

十分鐘後，霍根先生正在查一本電話簿。不錯，找到了──撒米爾·羅哲士，6329。一分鐘後，他正跟大吃一

驚的羅哲士先生談話。

「哈囉，」他開始說，「是羅哲士先生 —— 撒米爾·羅哲士先生嗎？」

「是的，我是羅哲士。」

霍根先生清清他的喉嚨。「羅哲士先生，」他說 —— 他的語調尖銳的、官方的、給人深刻印象的，「這兒是總局，警察總局。我是辛浦森。辛浦森警官，偵察部的……」

「好的，好的！」電話線的另一端傳來。

「局長 —— 警察局長，你知道，」說到這兒，霍根先生稍微放低聲音，「命令我跟你聯絡。他派我和另一位警探來看你。」

「我有惹上什麼麻煩嗎？」羅哲士先生問著。

「沒有，沒有，沒有。不是那樣的事。但是我有一件很重要的事要跟你談談。」

「好啊，」傳來羅哲士先生的聲音。「我會等你們。」

「羅哲士先生，」霍根先生警告說。「這件事請你務必保持緘默。不要跟任何人說這件事。我見到你的時候，你就會知道原因。」

在回到那屋子的路上，霍根先生把他的想法解釋給彭

恩斯先生聽。

十分鐘內，「辛浦森警官」和「強生警探」正跟一臉驚慌的羅哲士先生交談。羅哲士先生個子矮小。十分不起眼。他有一雙淺藍色眼睛。下巴不大。一張好笑的小臉。他很緊張——一個嚇壞了的人。

霍根先生說了整個完整的故事，多多少少更改了一些。改了好多。羅哲士先生很訝異，但很高興。

他陪著霍根先生到地下室去。他們一起挖出手提箱。拿到起居室，打開，看到它沒被碰過——那的確裝了一筆小財。鈔票，鈔票，鈔票。

霍根先生關上手提箱。

「現在，羅哲士先生，」他宣稱，以他最美妙的官方態度，「強生和我必須趕快走了。局長要一份報告——盡快。我們還得去逮捕其他的強匪。我會跟你聯絡。」

他提起手提箱，站了起來。彭恩斯先生也站了起來。羅哲士先生跟著站了起來。三個人走到門邊。羅哲士先生開門。「孩子們，進來吧，」他高興的說——三個人走進來。大塊頭的人，健壯的人。身穿員警制服的人，毫不畏懼的瞪著霍根先生和彭恩斯先生。

「羅哲士先生，這是什麼意思？」霍根先生問。

「很簡單，」羅哲士先生說。「湊巧我就是警察局長。」

| 作者簡介 |

詹姆士·楊（James N. Young），生於美國德州，一次世界大戰前曾擔任過記者，戰爭期間赴法擔任潘興將軍（John Joseph Pershing，一戰期間為美國的歐洲戰區司令官、陸軍將軍）的幕僚，戰後擔任《科利耶雜誌》編輯長達三十年。美國國家電視臺（NPR）曾經以「This I Believe」做為系列專題，訪問 1950 年代數個不同領域的美國人，分享他們的價值觀與對戰爭的看法，身為優秀編輯的詹姆士也因此留下了一段珍貴的口述資料，代表了 1950 年代美國媒體人對戰後美國的期許與肯定。

▌悅讀分饗 ▌

　　就敘述技巧來說，這篇小說應該屬於「意料之外的結局」（surprise ending），頗有美國幽默作家歐·亨利（O. Henry）作品的味道。故事一開始，只看到赫斯帝·霍根和布雷基·彭恩這兩個自以為是的笨賊東闖西鑽的可笑模樣。長相不出色的警長羅哲士還配合演出，最後才表明身分，兩個笨賊一舉被擒，故事此時便立即達到高潮，後續的動作全由讀者去揣摩。

　　或許有讀者會認為，這類故事有太多的巧合，例如笨賊闖入的房子碰巧是警長的，而警長一家人又湊巧外出度假，冥冥中盜匪注定落網。「無巧不成書」也許是唯一勉強能給予的理由。我們不能否認，人的一生有太多的巧合來促成悲歡離合的情境。

激昂之歌：〈馬賽曲〉

〔法國〕 拉馬丁

　　很多年前，有一名駐守在斯特拉斯堡的年輕軍官，名叫魯熱・德利爾。他出生在汝拉山區的隆勒索尼埃城，同所有山區小城一樣，那是一個風光綺麗、充滿生命力的地方。這個青年人作爲軍人熱愛戰鬥，作爲思想家熱愛革命。他不但能作曲又能作詞，所以很受人賞識，成了斯特拉斯堡市長迪特里克家的常客。迪特里克是一位阿爾薩斯愛國者，他的兩個女兒也都熱愛她們的祖國，洋溢著革命激情；這種激情在邊境地區尤爲熱烈，就像人的手腳最容易抽搐一樣。她們喜歡這位年輕的軍官，她們激勵他的鬥志，啓發他的靈感。她們是青年軍官的藝術探索的知音，是他作品的演奏者。

　　那是一七九二年冬天。斯特拉斯堡城內到處充滿飢苦。迪特里克一家生活清貧，只有粗茶淡飯，但魯熱・德

利爾仍是他們殷勤招待的客人。年輕的軍官和他們朝夕相處，親如一家。

一天餐桌上擺著配給的麵包和幾片煙燻的火腿，迪特里克平靜而憂鬱的望著魯熱‧德利爾，對他說：「我們沒有豐盛的宴席。但是，只要我們公民的情緒熱情洋溢，只要我們士兵心中充滿勇氣，這一切又能算得了什麼！貯藏室裡還留著一瓶酒，這是最後一瓶了。」

「把酒拿來吧，」他對女兒說，「讓我們為祖國和自由乾杯。」

斯特拉斯堡不久將要舉行盛大的愛國集會，德利爾要在這最後的酒中汲取靈感，譜寫一首激昂的歌曲。這首在陶醉中譜寫的歌曲應該給人民的心靈帶來激勵和振奮。姑娘們興奮的把酒取來，斟滿了老父親和年輕的軍官的酒杯，一直到他們把那瓶酒飲完。

已經是午夜十分了，天氣十分寒冷，德利爾思緒起伏，感情激盪。他步履蹣跚的回到自己孤寂的臥室裡。他時而在他人民激動的靈魂中，時而在他藝術家的鍵盤上尋求靈感；或先吟出靈感所賜予的樂句然後填詞，或憑激情先作詞然後譜曲，詞和曲在他頭腦裡是如此水乳交融渾然

一體，甚至他自己也弄不清先產生的是詞還是曲，以致詩和音樂、感情和表達形式成了不可分割的渾然一體。這一切其實都只是在心裡完成了，他並沒有動筆記下任何成型的東西。

　　崇高的靈感的飛揚使他疲憊不堪，他頭靠著鋼琴睡覺了，一直到天明才醒來。前夜的歌曲像夢幻的印象逐漸重現在他的頭腦中。他這才用紙筆追記下來，並且立即朝迪特里克家跑去。老市長正在菜園裡翻地種菜，而老人的妻子和女兒還沒有起床。迪特里克把她們喚醒，又叫來幾位同他一樣熱愛音樂的友人。老人的大女兒伴奏，魯熱演唱。當唱完第一段時，大家臉色蒼白；當唱完第二段時，大家熱淚盈眶；當全曲終了時，大家熱血沸騰。迪特里克的妻子、他的女兒和年輕的軍官都流著眼淚相互擁抱。祖國之歌誕生了。可是，唉！這首歌也是恐怖時代的歌曲。幾個月後，在這首由迪特里克的朋友用心靈譜寫、並且由他女兒試唱伴奏、誕生在他家的歌曲聲中，迪特里克被押上了斷頭臺。

　　幾天後，這首新歌在斯特拉斯堡公開演出，不久就為全法國廣為傳唱，為一切民眾歌詠隊所演唱。這首歌被馬

賽各俱樂部採納，成為群眾集會開始和結束時必唱的曲目。馬賽志願兵在開赴前線途中高唱著這首歌，所以人們稱它為〈馬賽曲〉。

　　德利爾的年邁的母親是一個保王黨人和虔誠的教徒，她對她兒子的歌曲所引起的反響十分恐懼，寫信問他：「一夥強盜唱著歌橫穿法國，據他們所說他們所唱的歌曲是我們家的人譜寫的，這是怎麼回事？」被作為保王黨放逐的德利爾本人，聽見這首歌就像死亡的威脅在他耳邊響起時，也不禁全身顫抖，連忙沿著上阿爾卑斯山的小徑遁逃。「這首歌叫什麼名字呀？」德利爾問他的嚮導。〈馬賽曲〉，給他引路的農民回答說。這樣，他才知道自己譜寫的歌曲的名稱。他被自己創作的激昂的旋律熱烈的追逐著。

| 作者簡介 |

阿爾方斯・馬里・路易士・普拉・德・拉馬丁（Alphonse Marie Louise Prat de Lamartine, 1790-1869）生於勃艮地的馬孔（Mâcon）。法國著名浪漫主義詩人、作家和政治家。拉馬丁是法國詩歌形式的大師，也是法國少數同時身為政治家的作家之一。

▌悅讀分饗 ▌

　　作者拉馬丁以略帶傳奇的書寫方式勾勒〈馬賽曲〉的創作過程，詳實感人。〈馬賽曲〉無比激昂，滿懷激情和力量，聽起來讓人熱血沸騰……配合歌詞來看，甚至有點殺氣騰騰。據說戰後法國政府多次減慢這首曲子的速度，就是為了讓人感覺不再那麼有侵略性。

　　〈馬賽曲〉的全曲共有七節歌詞，以下節錄其中的前四節歌詞，以饗讀者。

第一節

前進，祖國的兒女，快奮起，
光榮的一天等著你！
你看暴君正對著我們
舉起染滿鮮血的旗，
舉起染滿鮮血的旗！
你可聽見？凶殘的士兵
在我們國土上吼叫，
他們衝到你身邊，
殺死你的妻子和兒女。

副歌

拿起武器，同胞們，

組織你們的隊伍！

前進！前進！

讓不潔之血

灌溉我們的溝壕！

第二節

這幫叛國者和瘋國王，

懷著什麼壞念頭？

那些卑鄙的鐐銬，

究竟準備給誰戴？

究竟準備給誰戴？

法蘭西人，衝著我們啊！

何等羞辱，多令人憤慨！

是可忍孰不可忍，

要把人類推回奴隸時代！

第三節

什麼！異國軍隊

在我們家鄉稱霸！

什麼！傭兵集團

擊潰我們高貴的戰士！

擊潰我們高貴的戰士！

難道要我們縛住雙手，

屈服在他們腳底下！

難道我們的命運

要由卑鄙的暴君來管轄？

第四節

顫慄吧！暴君與叛國者，

無恥的狗黨狐群！

顫慄吧！賣國的陰謀，

終究要得到報應！

終究要得到報應！

人人都是上陣的戰士，

前仆後繼，年輕的英雄們，

法蘭西會孕育新血，

隨時準備殺敵效命！

國家圖書館出版品預行編目資料

文學星斗：世界文學名作選／張子樟編譯；
-初版 .--臺北市：幼獅，2015.01
　面；　公分. --（散文館；13）

ISBN 978-957-574-983-5 （平裝）

815.93　　　　　　　　　103023807

・散文館013・

文學星斗——世界文學名作選

編　　譯＝張子樟
封面・版型設計＝唐壽南
出 版 者＝幼獅文化事業股份有限公司
發 行 人＝李鍾桂
總 經 理＝王華金
總 編 輯＝劉淑華
主　　編＝林泊瑜
編　　輯＝朱燕翔
美術編輯＝李祥銘
總 公 司＝(10045)臺北市重慶南路1段66-1號3樓
電　　話＝(02)2311-2832
傳　　真＝(02)2311-5368
郵政劃撥＝00033368

門市

・松江展示中心：(10422)臺北市松江路219號
　電話：(02)2502-5858轉734　傳真：(02)2503-6601
・苗栗育達店：36143苗栗縣造橋鄉談文村學府路168號（育達科技大學內）
　電話：(037)652-191　傳真：(037)652-251

印　　刷＝崇寶彩藝印刷股份有限公司　　幼獅樂讀網
定　　價＝250元　　　　　　　　　　http://www.youth.com.tw
港　　幣＝83元　　　　　　　　　　 e-mail:customer@youth.com.tw
初　　版＝2015.1
書　　號＝986268

行政院新聞局核准登記證局版臺業字第0143號

ㄐㄥ 幼獅文化公司 /讀者服務卡/

感謝您購買幼獅公司出版的好書！
為提升服務品質與出版更優質的圖書，敬請撥冗填寫後（免貼郵票）擲寄本公司，或傳真
（傳真電話02-23115368），我們將參考您的意見、分享您的觀點，出版更多的好書。並
不定期提供您相關書訊、活動、特惠專案等。謝謝！

基本資料

姓名：..先生／小姐

婚姻狀況：□已婚 □未婚　職業：　□學生 □公教 □上班族 □家管 □其他

出生：民國................年................月................日

電話：（公）................（宅）................（手機）................

e-mail：................

聯絡地址：................

1.您所購買的書名：**文學星斗──世界文學名作選**

2.您通常以何種方式購書？：□1.書店買書　□2.網路購書　□3.傳真訂購　□4.郵局劃撥
　　　　（可複選）　　□5.幼獅門市　□6.團體訂購　□7.其他

3.您是否曾買過幼獅其他出版品：□是，□1.圖書 □2.幼獅文藝 □3.幼獅少年
　　　　　　　　　　　　　　　□否

4.您從何處得知本書訊息：□1.師長介紹　□2.朋友介紹　□3.幼獅少年雜誌
　　　　（可複選）　　□4.幼獅文藝雜誌 □5.報章雜誌書評介紹................報
　　　　　　　　　　　□6.DM傳單、海報　□7.書店　□8.廣播(　　　　　　　)
　　　　　　　　　　　□9.電子報、edm　□10.其他................

5.您喜歡本書的原因：□1.作者　□2.書名　□3.內容　□4.封面設計　□5.其他

6.您不喜歡本書的原因：□1.作者　□2.書名　□3.內容　□4.封面設計　□5.其他

7.您希望得知的出版訊息：□1.青少年讀物　□2.兒童讀物　□3.親子叢書
　　　　　　　　　　　　□4.教師充電系列 □5.其他

8.您覺得本書的價格：□1.偏高　□2.合理　□3.偏低

9.讀完本書後您覺得：□1.很有收穫　□2.有收穫　□3.收穫不多　□4.沒收穫

10.敬請推薦親友，共同加入我們的閱讀計畫，我們將適時寄送相關書訊，以豐富書香與心
　　靈的空間：
(1)姓名................e-mail................電話................
(2)姓名................e-mail................電話................
(3)姓名................e-mail................電話................

11.您對本書或本公司的建議：

廣 告 回 信
臺北郵局登記證
臺北廣字第942號

請直接投郵　免貼郵票

10045　臺北市重慶南路一段66-1號3樓

幼獅文化事業股份有限公司

請沿虛線對折寄回

客服專線：02-23112832分機208　傳真：02-23115368
e-mail：customer@youth.com.tw
幼獅樂讀網http：//www.youth.com.tw